JEANNE BENAMEUR

Ota

roman

ACTES SUD

À ma mère (1916-2015).
Et à Majid Rahnema (1924-2015).

Que la nuit nous soit favorable
Que soit faste notre retour vers l'obscur
Que le rêve soit clair ainsi que l'enfance

FRANÇOIS CHENG,
À l'Orient de tout,
Poésie/Gallimard, 2005.

Il était une fois, il était mille et mille fois, un homme arraché à la vie par d'autres hommes.

Et il y a cette fois et c'est cet homme-là.

Il a de la chance. Il est vivant. Il rentre.

Deux mots qui battent dans ses veines Je rentre. Depuis qu'il a compris qu'on le libérait, vraiment, il s'est enfoui dans ces deux mots. Réfugié là pour tenir et le sang et les os ensemble.

Attendre. Ne pas se laisser aller. Pas encore.

L'euphorie déçue, c'est un ravage, il le sait. Il ne peut pas se le permettre, il le sait aussi. Alors il lutte. Comme il a lutté pour ne pas basculer dans la terreur des mois plus tôt quand des hommes l'ont littéralement "arraché" de son bord de trottoir dans une ville en folie, ceinturé, poussé vite, fort, dans une voiture, quand toute sa vie est devenue juste un petit caillou qu'on tient serré au fond d'une poche. Il se rappelle. Combien de mois exactement depuis ? il ne sait plus. Il l'a su il a compté mais là, il ne sait plus rien.

Ce matin, on l'a fait sortir de la pièce où il était enfermé, on lui a désentravé les pieds comme chaque matin et chaque soir quand on le conduit, les yeux bandés, à ce trou puant qui tient lieu de toilettes. Mais il n'a pas compté les dix-huit pas, comme d'habitude. Dix-neuf, vingt, vingt et un... il a cessé de compter, le cœur battant. On l'a conduit, les yeux toujours bandés, jusqu'à un avion.

Des mots ont été prononcés en anglais, la seule langue avec laquelle on s'est adressé à lui depuis tout ce temps. Il n'a pas reconnu la voix si singulière de celui qui venait lui parler parfois de leur juste combat. Et puis soudain, il y a eu le mot "libre" en français. Pour la première fois, en français. Il en aurait pleuré. Le mot et la langue, ensemble, dans sa poitrine quelque chose éclatait.

L'accent était si fort qu'il a eu peur de ne pas avoir bien compris, il a répété Libre? on lui a répondu Yes, libre, et le mot "France".

Alors il a commencé à se répéter, en boucle, la France. Puis les deux mots sont venus : je rentre. Et il s'y est tenu.

Depuis, c'est l'entre-deux. Plus vraiment captif, mais libre, non. Il n'y arrive pas. Pas dedans.

Quand il a été enlevé, tout a basculé. On l'a fait passer, d'un coup, de libre à captif et c'était clair. La violence, c'était ça. Depuis, la violence est insidieuse. Elle ne vient plus seulement des autres. Il l'a incorporée.

La violence, c'est de ne plus se fier à rien. Même pas à ce qu'il ressent.

Se lancer dans la joie du mot libre, il ne peut pas. Suspendu.

Tant qu'il ne sera pas arrivé, touché par des mains qu'il connaît, tant qu'il n'entendra pas partout autour de lui des mots dans sa langue à lui, oh il en a rêvé, il sera dans l'entre-deux. Et il aura peur.

C'est trop fort le souffle entre ses côtes, il n'arrive plus à respirer. Il y a eu l'air contre sa peau, une sensation tellement intense avant d'entrer dans l'avion. Maintenant il essaie de se concentrer sur une musique dans sa tête. Pendant tout ce temps enfermé c'est comme ça qu'il a réussi à tenir quand tout menaçait d'exploser à l'intérieur. Jamais il n'aurait pensé qu'il avait si bien gardé en mémoire cette musique. Des années et des années qu'il s'était détaché du piano de son enfance, de son adolescence. Des années qu'il n'était plus dédié qu'à son métier de photographe de guerre : témoigner, informer, prendre les clichés les plus justes, ceux qui saisissent le monde tel qu'il est, dans son horreur, dans sa force de vie parfois, qui résiste. Il était loin, son piano. Pourtant une partition était là, dans sa tête. Le trio de Weber. Et il s'est efforcé de la retrouver, note par note. Il pense à Enzo, l'ami de toujours, à la voix puissante, tendre, du violoncelle et à Jofranka, leur sœur de cœur, au son grave et léger de sa flûte. C'est avec ce souvenir qu'il s'est rassuré quand il se sentait prêt à sombrer complètement. Il se concentrait pour retrouver les notes et il accompagnait à nouveau Enzo, déjà plein de cette force qu'il lui enviait et leur petite Jofranka, comme quand ils étaient enfants, dans leur village. Il essaie de se concentrer sur les exercices de respiration qu'ils avaient appris il y a longtemps pour assouplir le diaphragme, laisser respirer le ventre. Ça peut calmer la peur. Un peu.

Impossible. Quelque chose de sourd bat à l'intérieur de lui comme un tambour de guerre. Tout ce qu'il a essayé de tenir enfermé pendant tous ces mois, c'est là, tout proche, sous la peau. Il pourrait se mettre à trembler de la tête aux pieds, comme il a vu des hommes le faire, des courageux, des combattants. Et leurs corps soudain animés de ce tremblement fou, terrifiant.

Il faut tenir dans les deux mots Je rentre. Se réfugier. Comme quand il était petit et qu'il apprenait à entrer dans une tache de couleur sur une photo ou dans la courbe d'un arbre qu'il voyait de sa fenêtre. Oublier tout le reste. Je rentre je rentre, ne plus respirer que par ces deux mots de rien du tout, jusqu'à ce que… La joie, par moments, elle l'irradie d'un coup, et il la chasse, peur de devenir fou si tout capote au dernier moment, ça s'est déjà vu. Garder la joie en respect, rester terré dans les deux mots. Il n'y a pas d'autre abri.

Dans l'avion il ne cherche pas à allonger les jambes. Il plie les genoux au plus près de lui, n'appuie pas la tête contre le dossier du siège.

Tout son corps se resserre. Quelque chose d'obscur est à l'œuvre maintenant, qui tente de distendre l'espace entre Je et rentre. Et lui entre les deux. Un gouffre. Relier les deux mots dans sa tête, ne laisser aucun espace se creuser. S'il tient bien serrés les deux mots comme les paumes de ses mains collées ensemble, ça va aller, ça va aller. Il ne pose pas les yeux sur ses bras décharnés, refuse de penser à ses jambes quand il faudra se lever, marcher. Juste rester là, tapi dans Je rentre. Suspendu. Comme l'avion dans le ciel.

Du temps passe.

Il ouvre et ferme les yeux, teste le pouvoir tout simple de faire l'obscurité, la lumière, juste avec les paupières. Ils lui ont retiré le bandeau quand l'avion a été suffisamment haut pour qu'il ne distingue plus rien du sol, ne puisse livrer aucune information plus tard. L'homme qui l'accompagne est cagoulé, il ne dit pas un mot, la main sur son arme posée sur les genoux. Est-ce lui qui lui a annoncé la nouvelle tout à l'heure ? Un moment la terreur lui a broyé le ventre. Et si une fois là-haut, on ouvrait on le jetait. Des images folles il en a eu suffisamment sous les yeux pour que sa mémoire en garde l'empreinte. La terreur, elle est là, juste sous la peau. Il suffit d'un rien pour l'activer. Il s'est rassuré à la cagoule, au bandeau enlevé seulement haut dans le ciel. On ne prend pas tant de précautions avec qui va mourir. Peut-être que l'homme sourit sous sa cagoule. S'ils le libèrent, c'est qu'ils ont obtenu ce qu'ils voulaient. Où sont les deux autres enlevés en même temps que lui, jamais revus ? Il referme les yeux.

Le bandeau, il le savait par les récits de tous ceux qui étaient passés par là avant lui. Il n'avait pas été surpris. Le bandeau c'est tout de suite. Il le savait, oui ; le vivre, c'était autre chose. L'obscurité en plein jour. Et toutes les pensées qui s'affolent. Cette impression d'être livré, sans aucune défense possible, tellement vulnérable. On ne peut plus rien anticiper, ça fait marcher comme un vieux, en assurant chaque pas. Et tant de mal à essayer de capter tout ce que les oreilles peuvent enregistrer du monde autour. Comme si le bandeau, au début, engourdissait d'un coup tous les sens au lieu de les aiguiser. L'obscurité qui dure jusqu'à ce qu'on ne sache plus rien du temps.

Il pose sa main à plat sur les paupières.

Que le temps soit annihilé à nouveau. Que tout retourne à l'obscur jusqu'à ce qu'il soit sûr d'être arrivé.

Il a vécu des semaines, des mois, comme ça. Il n'imaginait pas ce que ce serait de retrouver la scansion de la lumière et de l'obscur.

Il appuie sa main sur ses paupières. Il peut arrêter quand il veut, il suffit de relâcher la pression des doigts, écarter un tout petit peu la paume de la main.

Ouvrir les paupières.

Retrouver le jour.

Comme tout le monde.

Sur le tarmac, la foule qui attend se densifie au fil des heures. Se mêlent journalistes et sympathisants qui ont suivi étape par étape l'histoire de ce photographe de presse. Les réflexions fusent

Il n'a pas de famille, personne…

On n'en sait rien… pas grand-chose qui a filtré…

Oui mais tu vois bien qu'avec les officiels, il n'y a personne… pas de femme pas d'enfants…

Quel âge il a exactement?

La quarantaine, non?

Quelqu'un dit Non non il est plus vieux que ça, vers la cinquantaine plutôt…

Ben sur les photos il les fait pas…

Une femme, un micro au sigle d'une radio connue à la main, lance Il est plutôt beau mec, je veux bien me sacrifier…

Des rires.

Entourée par les officiels, presque cachée, une silhouette petite, menue. On a renoncé à lui faire la conversation, elle répondait par monosyllabes puis juste par un signe de tête. La main en visière au-dessus du front têtu, le menton aigu pointé vers le ciel, la vieille dame ne détache pas les yeux des nuages.

Elle veut voir l'avion apparaître, c'est tout. Elle a fait tout le voyage, seule, malgré son corps si usé, pour ça. Il fallait qu'elle soit là quand l'avion apparaîtrait, qu'elle ne le quitte plus des yeux jusqu'à ce qu'elle voie descendre son petit, qu'il pose le pied par terre.

Depuis l'aube, elle a au creux de sa paume, gravée, sa main d'enfant à lui. Exactement comme quand ils guettaient l'épervier qui venait chasser au-dessus du champ, tout au bout de leur village. Le premier des deux qui discernait le rapace dans le ciel devait serrer la main de l'autre, sans un mot. Elle lui avait appris le signal. C'était lui, le plus souvent, qui le voyait le premier. Les petits doigts serraient les siens d'un coup, de toutes ses forces. Toute l'attente était là, dans la pression, plus intense que le cri retenu. Aujourd'hui c'est elle qui attend, et elle s'efforce, immobile, à retrouver l'acuité de son regard. Elle lui avait enseigné à ne pas bouger, à respirer légèrement, surtout ne pas faire repérer sa présence Si tu veux que les animaux t'approchent, débrouille-toi pour qu'ils t'oublient.

Ils appelaient ça "faire l'Indien".

Il avait appris.

C'est ce qui avait fait de lui le photographe qu'il était devenu. Il avait un don que les autres lui enviaient pour faire oublier sa présence, aller au plus près. Ce n'étaient plus les rapaces, c'étaient les hommes qu'il observait.

Pour les rapaces il n'avait jamais pensé au mot barbare.

Et sa vieille mère était loin.

Elle ne sait pas combien de fois, devant l'horreur, il avait regretté l'épervier de son enfance. Au cœur de chaque mission il se disait qu'il allait prendre du temps au retour, retrouver le village, se reposer, aller au champ de l'épervier avec elle, tant qu'elle était encore là. Et puis le temps passait, il fallait repartir et il se contentait d'un coup de fil.

Cela fait des heures que la vieille dame s'est préparée. Des heures qu'elle vit dans une excitation qu'elle a de plus en plus de mal à endiguer. Elle est en alarme et elle s'épuise. Parler, ce serait trop.
Elle tient dans la conviction qu'elle n'a pas lâchée depuis tous ces mois : elle le reverra, vivant et elle, encore vivante. C'est comme ça. Et c'est comme ça qu'elle a tenu tous ces mois, loin des caméras et des interviews. Personne n'a réussi à forcer sa porte ni son silence.

Depuis ce matin, elle sent qu'au fond d'elle ça pourrait se lézarder. Son vieux cœur s'emballe par moments, tape à coups sourds. Elle voudrait être dans son village, dans sa cuisine, et juste le voir arriver, à l'improviste, son Étienne, comme il le faisait trop rarement, et dans sa poitrine à elle alors quelque chose de vaste, d'immense, qui s'ouvrait quand elle le serrait. Son petit.
C'est elle qui l'a élevé, cet enfant-là, seule. Son père, parti naviguer à l'autre bout du monde, jamais revenu. Le voilier jamais retrouvé. Plus aucune trace. Une vie effacée par une tempête. Et la sienne, d'un coup enserrée dans un temps sans attente. Elle avait vécu ce paradoxe : le temps sans borne d'aucun retour l'avait emprisonnée. Seule avec Étienne. Il avait trois ans, à peine.
Il avait appris à dire papa l'année précédente. Il avait parlé tard. Elle lui faisait répéter le mot, dans la cuisine. Elle s'en était voulu de lui avoir appris un mot inutile.

Elle avait retourné la photo encadrée sur le buffet, où il souriait, le jour de son départ, sur son nouveau voilier, plus léger que tous les précédents. C'est comme ça qu'elle avait indiqué qu'on ne le reverrait plus. Un geste qu'elle avait vu sa grand-mère faire pour son propre mari et qui était resté gravé dans sa mémoire de petite fille silencieuse. La photo était restée face au bois du buffet, longtemps.

Un jour, beaucoup plus tard, le petit l'avait prise, montée dans sa chambre. Elle l'avait laissé faire. C'étaient ses débuts à l'école, les autres enfants lui avaient demandé où était son père. À l'époque c'était elle qui était l'institutrice de la classe unique du village. Et aucun des élèves n'aurait osé lui demander. Elle l'avait entendu répéter, à une récréation, que son père était "mort en mer". C'était donc l'expression qu'il avait entendue, retenue, jamais encore utilisée. Ça lui avait serré le cœur, la voix de son petit sur ces mots-là. Qu'avait-il imaginé quand il les avait entendus ? Elle ne le saurait jamais. Elle le regardait en ayant conscience qu'il était et resterait un mystère. Elle avait toujours été persuadée que c'était comme ça, les gens, des mystères les uns pour les autres. Et côtoyer les enfants toute sa vie n'avait fait que confirmer.

Son petit, d'avoir prononcé les mots dans la cour de récréation, ça avait dû éveiller quelque chose en lui. Le désir de scruter le visage, tranquillement, seul. Plus tard, elle n'avait vu la photographie ni aux murs de sa chambre, ni sur son bureau, ni sur sa table de chevet, en avait déduit qu'il la gardait dans son tiroir à secrets, le tiroir dont lui seul avait la clef et que de toute façon elle n'aurait jamais ouvert. Irène avait appris qu'il valait mieux respecter les secrets des autres. À commencer par ceux de son mari. La leçon avait été rude, elle avait tout juste trente ans, Étienne venait de naître. Elle n'avait jamais oublié.

Le tiroir à secrets d'Étienne, pour rien au monde elle n'y aurait touché.

Elle l'imaginait, sortant la photographie parfois et scrutant le visage toujours jeune, toujours souriant, de son père. Elle n'imaginait pas que lorsqu'il la sortait, il la tenait, tout près de son visage, devant le grand miroir de la chambre.

Parfois, les yeux fermés, il lui parlait.

Ils ne lui ont pas rendu son Leica. Pourquoi ? Pouvoir en sentir la forme comme il le faisait, machinalement, n'importe où, à travers le cuir usé de sa vieille sacoche, c'est ça qui voudrait dire "libre". La sacoche, c'est toujours la même, il la connaît par cœur, pelée à certains endroits par les frottements, un peu râpeuse sur un des côtés. Il se rappelle qu'il avait les mains dessus quand ils l'ont embarqué. Il hésitait sur son bord de trottoir à sortir l'appareil au lieu de courir rejoindre les autres, à l'abri. S'il avait à nouveau le poids de l'appareil contre lui, si ses mains pouvaient sentir les éraflures du cuir, les reconnaître, il serait plus sûr de la réalité.

Sûr de quoi ? d'être en vie ?

Il passe sa langue sur ses lèvres, se rend compte qu'il a soif. Il a tellement eu soif. Une bouteille d'eau minérale est là, près de lui, déposée avant qu'il monte dans l'avion. Il s'efforce de maîtriser le tremblement de sa main, boit lentement. L'eau qui coule dans sa gorge, c'est une bénédiction Il chasse tout le reste. Pendant toute sa captivité, l'eau était comptée. Il n'a pas manqué. Ils prenaient soin de garder en vie leur monnaie d'échange. Mais la ration d'eau du matin devait tenir jusqu'au lendemain. Il en gardait toujours un peu pour la nuit. Sa seule richesse.

Dans l'avion, l'eau est fraîche et ça, c'est quelque chose qu'il n'a plus connu depuis des mois. Il se concentre sur cette simple fraîcheur de l'eau, et des images qu'il n'attendait pas l'envahissent. "Le petit torrent", à quelques kilomètres du village. Un bras de rivière qui coule en pente abrupte des rochers et file. Jusqu'où… Se laisser doucher par l'eau froide qui tombait dru sur leur corps de huit, dix ou quinze ans, comme ils avaient aimé ça, lui et ses copains du village ! les mères avaient toujours peur qu'ils fassent trop les casse-cou dans les rochers et ils aimaient aussi la peur des mères. Ça faisait partie du plaisir. Le souvenir, c'est dans tout le corps. Il pose la main, légèrement, sur l'autre bouteille, prévue à côté. Glacée. Deux bouteilles. Combien de temps va durer le voyage ? Par où vont-ils le faire passer ? Va-t-il être d'abord déposé dans un pays qui sert de médiateur ? Tout a été si soudain. Il n'a plus les yeux bandés mais on le garde encore au secret. Il réprime une montée de colère. De quel droit on le tient encore au secret de ce qui le concerne, bon dieu ? Rien à faire, il n'a pas la patience de tous ceux qui vivent dans des pays broyés depuis des décennies, ceux qui naissent en apprenant dans le lait qu'ils sucent que leur vie peut s'arrêter demain. Non, cette patience-là, il ne l'a pas apprise. Il se demande si c'est une force ou une faiblesse. Aujourd'hui il est trop fatigué, il ne sait plus. Il boit lentement une autre gorgée d'eau, essaie de retrouver juste "le petit torrent" qui lui rafraîchit les veines et la fontaine, les arbres, le ciel du village, qui reviennent avec lui. Mais tout s'est éloigné. Il a fermé les yeux.

Alors resurgit le visage de la femme, celle qui a balayé toutes les autres. La femme qui l'avait fait s'arrêter en plein milieu du trottoir, au lieu de courir vite se mettre à l'abri, comme les autres. La dernière femme qu'il ait vue avant de se faire enlever, sur le bord de ce même trottoir, dans la ville en folie. Pendant toute sa captivité il a tenté de se mettre à l'abri de cette vision. Chasser l'image, chasser tout ce qu'elle a suscité en lui. Quand il faut survivre, jour après jour sans même savoir si dehors c'est la lumière ou l'obscur, on ne peut pas se permettre… Mais il sait que, dans des mois ou des années, il la reconnaîtrait. La femme empilait des bouteilles d'eau dans les bras de ses enfants, elle chargeait les bras frêles encore et encore et poussait les deux enfants sur les sièges arrière d'une grosse voiture noire. La portière arrière était ouverte. Au fond, contre la vitre teintée, un corps était tassé. Un homme. Immobile. Malade ? Blessé ? Tout le monde essayait de fuir. On savait l'arrivée imminente des chars et l'horreur qu'ils drainaient derrière eux. La femme avait des gestes précis. Elle ne parlait pas. C'est peut-être cela qui l'avait arrêté, ce silence. La voiture était chargée, lourdement.

Le poids de tout, voilà ce qu'il avait senti, en la voyant, elle qui essayait de s'arracher à l'opacité lourde qui avait pris la ville.

Ce poids, il l'avait éprouvé dans son propre corps, comme s'il avait pesé, d'un coup, des tonnes sur cette terre. Et il avait peiné à sortir l'appareil. Figé. Peut-être toutes les images qu'il avait vues, toutes ces scènes auxquelles il avait assisté, sans rien faire d'autre que les photos depuis des années, peut-être tout cela derrière ses paupières, qu'il ne voulait pas savoir en lui, et qui là, devant cette femme, s'était mis à peser.

Elle essayait de sauver la vie.

Et lui, en face, sur l'autre trottoir, pétrifié, tout en lui coagulé comme du mauvais sang que la terre ne voudrait même pas absorber. Il ne faut jamais trop s'arrêter dans une guerre. On pourrait comme la femme de Loth être changé en statue de sel. Il savait tout cela depuis longtemps comme il savait se défier des fous de guerre, ceux qui vont au combat comme à une célébration et qu'une étoile semble protéger. Un vieux camarade, mort depuis, lui avait dit un jour Ceux-là te mets jamais à côté, un jour ou l'autre leur étoile, elle est plus là et toi, tu trinques si t'es à côté. Il l'avait écouté. Ceux-là, il les photographiait de loin, choisissait à l'instinct les combattants auprès de qui il allait cheminer, sans autre arme que son appareil. Sa vie, il la protégeait. Et il continuait à témoigner. Et témoigner encore. Toujours au plus près.

Là, devant la femme qui chargeait la voiture, seule à prendre toutes les décisions de survie, il s'était arrêté. Il ne fallait pas, il le savait. Mais il n'y pouvait rien. Il était cloué sur le trottoir et la seule pensée qui avait envahi toute sa tête c'est Jusqu'où va-t-elle pouvoir aller?

Sauver la vie, c'est quoi? Est-ce que la sienne est sauvée? Il ne faut pas qu'il laisse sa tête partir de ce côté-là. La vie, c'est respirer c'est tout. Il est vivant. Rescapé. Il rentre. C'est miraculeux. S'en tenir là. Ceux qui l'ont enlevé n'auraient pas hésité à exécuter leurs menaces, il l'avait compris tout de suite. Des hommes qui n'avaient plus rien à perdre, et le pire, c'est qu'il les comprenait. Il savait qu'ils n'avaient plus d'autre façon de se faire entendre. Ça aurait dû le rendre plus prudent.

Est-ce que l'homme cagoulé a une femme, des enfants, qui l'attendent ? Est-ce qu'il aurait pu tuer aussi la femme à la voiture noire ?

Étienne pense au Leica. Dans la sacoche. Cette femme, personne n'en connaîtra jamais le visage. Lui, sur son trottoir, sidéré par tout ce qu'il avait vu et qui l'avait pénétré si fort sans qu'il en ait conscience et elle, en face, enchaînant les gestes précis. Quelque chose dans son affairement, toute cette efficacité pour une protection qui ne durerait sans doute que quelques heures. Elle faisait comme si elle allait pouvoir réellement se sauver, elle, les enfants et l'homme tassé au fond de la voiture. Pourtant elle ne pouvait ignorer la suite probable de son équipée. Mais elle faisait les gestes, gravement, précisément. Il avait été fasciné. Elle continuait son travail de vivante, comme les fourmis qu'il s'amusait à affoler quand il était petit, et qui toujours reprenaient leur tâche, sans tenir compte de celles qu'il écrasait, obstinées.

Il voudrait qu'il y ait eu un miracle. Pour elle. Comme pour lui aujourd'hui.

Dans sa tête, les photos de la femme sont là. Vivantes. La mèche de cheveux noirs, lourds, qui cachaient une partie du visage, et elle, les bras chargés, qui n'avait même plus ce geste qu'on a pour repousser les cheveux qui tombent sur les yeux.
Il repense à la main de sa mère qui, patiemment, dégageait de son front la mèche rebelle quand il était enfant. Pour cette femme-là, il aurait fallu une main aimante, aussi.

Est-ce qu'il aurait traversé la rue ?

Il avait été empoigné, poussé dans une voiture, elle avait levé la tête. Leurs regards s'étaient croisés. Et puis plus rien. Le bandeau, les mains attachées. Sa vie à lui qui entrait dans le silence.

Étienne a serré trop fort, sans s'en rendre compte la bouteille d'eau. Le plastique a fait un bruit sec. La main de l'homme en cagoule a saisi son arme, une seconde, puis l'a relâchée. Étienne a eu le temps de capter le geste, vif. Un homme entraîné.
Il n'y a personne que lui et moi. Si j'avais mon appareil, je le regarderais autrement. Si j'avais mon appareil, mes mains sauraient quoi faire.

Dans la foule qui attend, sur le tarmac, il y a une autre femme et il ne le sait pas. Il y a Emma. Elle n'est pas venue pour lui. Elle est venue pour elle.

D'abord elle a résisté, enfouie dans les coussins au fond de son canapé, sa tasse de thé à portée de main, et sa pile de livres comme un rempart. Mais comment tenir contre ce besoin de le voir descendre de l'avion, d'être présente. Même si. Elle avait tenté le paquet de copies à corriger, assise à son bureau. L'odeur un peu âcre du thé fumé avait beau la ramener à cette pièce familière, le goût du thé à sa propre gorge, et les copies convoquer les visages de ses élèves autour d'elle, tout son petit monde, rien n'y faisait. Elle avait fini par se lever. Debout à la fenêtre, elle avait regardé le ciel, les nuages.

Étienne et elle, c'était fini. Vraiment fini. Et c'est elle qui avait tout fait pour. Alors quoi. Pourquoi aller se mêler à ceux qui l'attendent? En plus, l'idée de le voir amaigri, affaibli, lui faisait déjà mal. Elle avait croisé fort les bras sur la poitrine, un geste qui revenait quand elle ne savait plus quoi faire d'elle-même. Toujours indécise, même au beau milieu d'un jeu quand elle était petite. Une femme de doute qui prenait une allure décidée, les bras croisés fort sur la poitrine. Elle avait haussé les épaules.

Elle n'arrivait à rien. Et soudain Ça suffit ! elle avait enfilé son blouson, attrapé son sac à la volée et s'était mise à courir dans la rue vers sa voiture.

De toute façon il n'y a pas de paix.

Il y a quelques semaines, elle a entendu sa voix, comme tout le monde, disant qu'il était traité correctement et qu'il demandait au gouvernement d'accepter les conditions requises pour sa libération. Sans doute un texte qu'on l'obligeait à lire. Ce n'était pas ses mots à lui mais quel soulagement après tout ce temps sans aucune nouvelle des ravisseurs. Malgré un brouillage derrière, on ne savait quoi… c'était bien sa voix ; sa façon de prononcer les a, très ouverts, qui l'avait toujours fait sourire. Elle avait le cœur qui battait fou à entendre cette voix. Ça ne libérait personne. Surtout pas elle.

Alors voilà. Elle est plantée, comme les autres, à attendre.

Il faut qu'elle le voie, en chair et en os comme on dit. En chair et en os, oui. Et là, peut-être qu'elle saura. Dans la voiture, elle a écouté les informations. On parlait de quelques heures. On retraçait les étapes de l'enlèvement. Elle, c'est dans son corps, l'enlèvement. Elle a éteint la radio, retrouvé l'étroitesse dans sa poitrine. Cette façon de respirer qu'elle déteste depuis qu'elle le connaît. Respirer petit. Ça, elle voulait tant s'en débarrasser !

Elle se rappelle. Des mois auparavant, quand il lui avait annoncé sa nouvelle destination elle avait blêmi. Pas là-bas Étienne ! pas encore au milieu de tout ça! Il avait répondu que le départ était pour le lendemain. Une fois de plus, il était averti au dernier moment, et elle aussi, en ressac. Elle avait senti toute l'étroitesse qui allait la tenir, qui la tenait déjà. Réduite. Elle avait murmuré à voix basse Et moi? Je deviens quoi quand tu pars? Tu te l'es demandé? Jamais elle n'avait osé parler d'elle avant, par pudeur, parce que c'était lui bien sûr, qui prenait tous les risques, elle n'allait pas en plus avoir l'indécence de se plaindre. Mais ce jour-là, elle avait osé.

Devant son silence, elle avait continué. Les mots venaient tout seuls, très bas, terriblement distincts. Depuis le début de leur histoire, elle les retenait. Elle avait dit À chaque fois que tu pars, jusqu'à ton retour, je ne vis plus, je t'attends. Je ne m'appartiens plus. Je me sens prise en otage, moi, ici! tu comprends ça? J'en ai assez Étienne, je n'y arrive plus. Je m'anesthésie, tu comprends? Et j'ai de plus en plus de mal à me retrouver, après. Même quand tu es là. Il avait dit Je ne te demande rien, Emma. Surtout pas de m'attendre. Ça suffit avec ma mère. Je n'ai jamais eu envie d'être attendu. Pas comme ça…

Elle avait senti la colère l'envahir. C'était aussi fort que l'envie de se jeter dans ses bras, d'oublier tout ce qu'elle venait de dire. Impossible d'endiguer la vague qui l'emportait. Elle s'était collée contre sa poitrine il avait refermé ses bras sur elle et pourtant les mots étaient là, impossibles à retenir, dans un souffle elle avait continué à parler contre sa chemise, elle sentait l'odeur, la chaleur de sa peau contre sa bouche et elle continuait, comme si, de cette façon, elle pouvait directement s'adresser à une part de lui à laquelle elle n'avait jamais accès. Pas envie et alors? Qu'est-ce que ça change? Tu crois que tu peux m'empêcher d'attendre ? Comme ça ? Tu crois que quand tu pars je peux t'effacer, hop ! d'un coup de baguette magique et revenir bien entière à ma petite vie ? Il y a une part de moi qui est comme morte quand tu pars. Je me mets en veilleuse. Pour tenir. Et j'ai peur de ne plus réussir un jour à me réveiller vraiment. Il faut arrêter ça, Étienne, qu'on ait le temps de vivre un peu, ensemble. Je ne suis pas une magicienne je ne vais pas réussir à te faire apparaître et disparaître comme ça dans mon cœur. Toi, peut-être, tu peux, toi tu arrives à nous effacer, nous tous, parce que là-bas…

Il avait laissé retomber ses bras, d'un coup.

Je n'efface jamais personne, Emma. Jamais.

Elle réentendait les paroles, mais l'odeur de sa peau, elle l'avait perdue.

À quoi ça servait de se repasser encore et encore cette scène ? Qu'est-ce qu'elle cherchait ? Ce qui était intact, c'était le vertige. Il avait eu l'air si sûr de lui quand il avait dit Je n'efface jamais personne. Jamais. Elle, elle avait besoin de comprendre ce qui avait amené la suite, l'irrémédiable. Comment avait-elle pu prononcer les paroles qu'elle s'était toujours interdites, le chantage : Si tu pars, cette fois, c'est fini.

Elle avait dit ces mots. Peut-être parce qu'il avait laissé ses bras retomber, qu'il l'avait lâchée.

Il était parti.

Avant, il y avait eu son regard. Un regard sans attente, non. Et c'était ça qui était insupportable.

C'est ce regard qui revient. Encore et encore. Et la honte de s'être elle-même traitée d'otage, elle qui vit tranquillement entre ses amis, ses élèves, son travail, dans un pays où la guerre n'apparaît que sur les écrans. La honte et la culpabilité. Elle vit avec ce poids-là depuis qu'elle a appris son enlèvement. Elle aurait voulu ravaler ses paroles. Rien ne tient plus. Tout ce qu'elle a dit est devenu obscène face à sa disparition. Pourtant ce qu'elle a dit, c'est bien sa vérité à elle. Elle y a droit. Mais maintenant ça fait si petit, si mesquin. Il est entré dans la liste de "Nos otages" aux actualités télévisées et elle a senti que quelque chose se refermait qui la tenait encore plus serrée qu'avant. Captive.

Elle revoit son regard posé sur elle, sans colère, juste triste. Immensément triste. Et elle, qui absorbait cette tristesse. Comme si tout ce que ce regard avait capté, l'horreur multipliée du monde, entrait en elle. Est-ce que c'était cela aussi qu'elle avait fui?

Maintenant dans la foule, elle est prise dans un groupe de jeunes, bruyant. Impossible de s'extraire de ces voix qui se hèlent, excitées. Pas beaucoup plus vieux que ses élèves mais tellement plus sûrs d'eux. Ils viennent d'une école de journalisme. Ils se la jouent reporters. Ils "couvrent" le retour d'Étienne. Elle est bousculée, ça l'agace, elle serre plus fort ses bras croisés contre sa poitrine. S'ils savaient qu'ils ont là, collée à eux par la foule, la dernière compagne d'Étienne! Ah oui ce serait un scoop! Elle soupire profondément. Une jeune fille, un carnet à la main, murmure des excuses, pensant que le soupir c'est pour elle, qui a buté contre l'épaule d'Emma, poussée par les autres. Puis la jeune fille baisse la tête et continue à prendre des notes sur son petit carnet.

Soudain, Emma est prise de l'envie folle de la secouer de lui demander Vous savez vraiment ce que ça va être votre vie si vous partez là-dedans? On vous a avertis? Les grands reportages, les guerres, on vous a dit que ça peut tuer la vie de ceux qui bêtement vous attendent pour vous tenir la main, vous dire qu'ils vous aiment. On vous a avertis que tout ça au fil des années ça s'effrite et qu'un jour il n'y a plus personne qui vous attend?

Un murmure court dans la foule, une onde qui se propage jusqu'à elle. Elle se détache de l'épaule de la jeune fille, se hausse sur la pointe des pieds. C'est juste un ministre qui vient d'arriver. La jeune fille le note aussitôt dans son carnet. Pourquoi reste-t-elle là, à s'enrager toute seule.

Il rentre. Il est vivant et elle, elle devrait retourner à sa vie, délivrée. La foule est compacte maintenant derrière elle. Prise au piège. Par personne d'autre qu'elle, pas la peine de chercher. Elle s'en veut.

L'idée du retour chez elle lui paraît insurmontable. Au-dessus de ses forces.

Dans l'avion, le copilote vient de s'adresser à l'homme en cagoule. Étienne a ouvert les yeux au bruit des voix.

Le choc, c'est la voix de l'homme en cagoule. Il l'a reconnue aussitôt. Comment ne pas la reconnaître ? c'est la seule voix qu'il ait comprise, pendant toute sa captivité, celle de l'homme qui venait régulièrement lui parler, en anglais. Quand la solitude était si intense qu'il avait peur de devenir fou, il se rappelle qu'il a attendu cette voix. Pour parler. Pour rester humain. En même temps il redoutait tellement, à chaque fois, les mots qu'il allait entendre : il était si sûr que ce serait par cette voix, précise, à l'accent distingué, qu'il apprendrait un jour son sort, quel qu'il fût.

Les deux hommes ont parlé dans la langue qu'il ne comprend pas.

Il a écouté l'échange, sûr qu'on parlait de lui, aux aguets. Puis il s'est dit qu'il devenait fou, qu'il fallait arrêter tout ça dans sa tête.

Le copilote est reparti. Ils sont à nouveau tous les deux, seuls. Il suit des yeux la main de l'homme qui pose son arme sur le siège auprès de lui, attrape le bord de la cagoule et d'un geste tranquille, la retire.

Alors pour la première fois, il voit son visage.

Et ce visage, il sait qu'il ne l'oubliera plus jamais. Il correspond tellement à la voix. Des traits fins, sans aucune mollesse. La fermeté, la distinction, oui. Ce qu'il n'attendait pas, c'est l'immense lassitude. Et quelque chose d'absent.

Leurs regards se croisent. Aucun des deux ne cherche à esquiver. Pourtant, il n'y a aucun partage. En silence, le constat : ni haine ni fraternité. Entre eux deux, simplement, rien de possible. Quelque chose d'infranchissable.

L'un rentre.

L'autre va retourner à l'enfer.

Étienne sent le souffle comme arrêté dans sa poitrine. Cet homme a vu tout ce que la guerre permet, il a eu les armes en main, lui il avait juste son appareil. Ce qu'ils peuvent avoir en partage, c'est seulement l'effroi, il en est soudain conscient et ça lui fait horreur. Aucun des deux n'est plus innocent de ce qu'un homme peut faire à un autre homme. C'est un savoir qu'aucune paix n'efface.

Il pense à la bascule du jour, quand sa mère fermait les volets l'un après l'autre et que son cœur à lui s'emplissait de l'ombre du soir. La nuit viendrait, avec la sensation, à chaque fois, d'avoir perdu. Et il ne savait quoi.

Cette sensation-là vient de l'envahir, à nouveau. Il voudrait avaler tout le bleu du ciel. Retrouver un peu d'espérance. Il "décroche" du regard profond et las de l'autre.

Cet homme-là, il est déjà mort.

L'autre se baisse et range son arme dans le sac à ses pieds. Bien sûr il ne peut ignorer qu'Étienne l'a reconnu. Un homme qui a fait des études ou séjourné en Europe sans doute. Un homme qu'Étienne aurait pu croiser dans un café, à Londres, Paris, ou ailleurs. Un homme qui n'aurait pas hésité à appuyer l'arme sur sa tempe s'il l'avait fallu.

Étienne demande alors, sans le regarder. Where are the others*? Cette question il ne l'avait pas posée quand l'homme venait dans son cachot pour lui bourrer le crâne de son juste combat. Il n'avait pas osé. Il se terrait, tentait de devenir invisible. Même s'il avait le besoin, terrible, que quelqu'un s'adresse à lui, il sentait trop la menace, diffuse, imprécise, émanant de chaque être qui franchissait le seuil de cette pièce où sa vie passait, de jour en jour. Là-bas, il aurait eu trop peur qu'il lui annonce leur liquidation. Un Anglais, Roderick, et Sander, un jeune Néerlandais, photographe en free-lance, avec qui il avait bu et discuté tard dans la nuit un soir à l'hôtel et qu'il avait reconnus, en un éclair, quand on l'avait sans ménagement sorti de la voiture pour le faire entrer dans cette cache où il était resté plusieurs jours avant d'être transféré.

La voix de l'homme quand il répond We are waiting. Nothing is decided yet**. Étienne a fermé les yeux pour mieux l'écouter. Lente, on sent que ce n'est pas parce qu'il cherche ses mots dans une langue étrangère, non, la langue, il la possède parfaitement. Il a un phrasé naturellement lent, précis, et chaque mot s'entend, distinctement, sans erreur

* Où sont les autres ?
** On attend. Rien n'est décidé.

possible. Une voix qui ne laisse aucune place à l'émotion. S'ils avaient exécuté les deux autres, il est sûr qu'il l'aurait dit de la même façon.

Pourquoi est-il dans l'avion avec lui ? Il n'ose pas lui demander. Il retrouve la peur, tapie au fond de lui depuis des mois et il s'en veut de la ressentir encore, alors qu'il est à l'abri. Est-ce que désormais il aura toujours peur ?

L'homme ajoute I have your Leica, you know*.

Il montre le sac.

I'll give it back to you when we get there**.

Étienne sent sa gorge se serrer. Il ne va pas dire merci, non ? Le sang lui bat d'un coup jusqu'au bout des doigts. Son Leica est là, dans le sac. L'image de son appareil cognant contre l'arme de l'homme et soudain une bouffée de rage l'envahit. S'ils avaient arrêté la femme qui s'enfuyait avec ses enfants et l'homme tassé au fond de la voiture, il aurait tiré, il en est sûr ! Qu'il la ferme ! avec sa voix lente, son anglais parfait ! qu'il ne dise plus un mot ! La douleur dans sa tête est fulgurante, il la reconnaît. Il faut qu'il se calme. Le sang bat trop vite trop fort. Sa main se tend vers la bouteille d'eau. La haine, ce n'est même pas contre cet homme, c'est contre l'ensemble monstrueux formé par son Leica et l'arme dans le même sac. Et lui, forcément pris dans cet ensemble aussi.

Il passe alors ses doigts sur les contours de son visage, avide de ce qui n'a pas changé : le nez, la ligne dure du menton, il remonte aux paupières. Ses yeux

* J'ai votre Leica, vous savez.
** Je vous le rendrai à l'arrivée.

ont du mal à rester ouverts. L'homme maintenant regarde par le hublot. Ils ne disent plus rien.

Ne pas penser.

Étienne regarde ses mains. Emma disait "des mains de pianiste". Il souriait, il ne lui avait jamais dit qu'il jouait quand il était jeune, dans son village, que le piano, il en jouait encore parfois quand il rentrait voir sa mère mais qu'il préférait l'écouter, elle, qui continuait chaque jour, régulièrement, malgré les rhumatismes qui raidissaient ses doigts.

Maintenant, avec ces ongles longs, durs, ces mains, on dirait les serres de l'épervier. Des mains comme ça, est-ce que ça peut encore caresser le corps d'une femme.

Il faut qu'il réprime la pulsion folle de se jeter sur le sac, prendre son Leica, et prendre l'arme, la pointer entre les deux yeux du type. Ces mains ont rêvé de ça. Être armé. Vraiment. Il pourrait tirer lui aussi maintenant ? Oui, ses mains ont rêvé de tenir une arme, pas seulement l'appareil photo. Ça, il ne pourra plus l'oublier non plus. Quand il n'en pouvait plus d'être traité juste comme une marchandise qu'on va échanger, qu'on garde en état de vente, c'est tout. Quand il n'était plus pour qui que ce soit autour de lui, un humain. Quand il n'y avait pas de visage face à lui. Rien que ces cagoules, les fentes pour les yeux, la bouche

Ce n'était pas humain, non.

Tirer. S'enfuir en tirant à l'aveugle, il en a rêvé. Et tant pis pour la mort, la sienne, celle des autres. Courir, courir c'est tout, il en a eu tellement envie. Il n'aurait pas fait cent mètres avec ses jambes trop faibles à la fin… mais il en a rêvé. Il a rêvé de tuer ou d'être tué mais que ça bouge que ça finisse le temps sans rien. Rien. Il se dit Je suis devenu quoi.

Tenter de retrouver l'abri des mots. Juste pour rester humain. Se répéter Je rentre je rentre je rentre.

Il regarde les nuages au-dessous de lui. Il voudrait voir apparaître la terre, des maisons, des champs, quelque chose qu'il reconnaisse, qui le sauve de tout ça. En même temps au fond de lui il y a une zone pétrifiée qui préfère les nuages, encore.

Tant qu'il est assis dans l'avion il n'a besoin d'être personne.

Au village ce matin-là, comme tous les matins, Enzo, le fils de l'Italien comme on l'appelle encore, comme on l'appellera toujours, est sorti dans le champ, face à sa maison. Il est très tôt. Il aime le jour neuf. Il attend la pleine lumière. Depuis des mois, c'est à ce moment-là qu'il rejoint Étienne en pensée. Tous les matins, sans faillir, qu'il pleuve ou qu'il vente, il respire l'air vif à pleins poumons. Pour Étienne. Parce qu'un soir où ils étaient restés longtemps dans la cuisine, les coudes sur la table qu'Enzo avait fabriquée de ses mains, à boire une grappa chaleureuse, Étienne avait dit Le pire, tu sais, c'est le confinement.

Des otages venaient d'être libérés, toute la presse en parlait.

Étienne avait laissé la rage le prendre, comme quand il était petit dans la cour de l'école et que soudain il se jetait dans une bagarre. C'était imprévisible, ces moments, Enzo s'en souvient encore et la rage qui décuplait soudain les forces de son ami le sidérait toujours. Il l'avait sentie à nouveau, là, dans la cuisine. Étienne martelait que les risques, ils savaient tous qu'ils en prenaient quand ils partaient mais que le confinement, ça non, c'était autre chose, ça finissait toujours par avilir. Il avait ajouté C'est sale.

Enzo ne disait rien. Il écoutait. Son ami avait choisi une vie si loin de la sienne, et pourtant il pouvait toujours aussi vite s'installer dans les vibrations de sa voix, familières. Étienne et lui, c'était comme des frères. Mais lui était resté au village, avait repris la menuiserie du père, avait aimé le bois jusqu'à l'ébénisterie. Imaginer sa vie ailleurs, sans l'odeur de son atelier, de sa maison et des bois sur les collines, c'était impossible.

Le mot "confinement" il l'avait gardé au fond de lui, depuis cette soirée. Avec tout ce que la voix d'Étienne y avait mis de lourd, d'opaque. Enzo ne parlait pas beaucoup, jamais longtemps. Mais les mots, c'était dans la force de ses bras, au creux de ses mains qu'il les sentait. Ils étaient là, silencieux, dans ses mouvements quand il travaillait, seul. Ils entraient dans les veines du bois. C'étaient eux qui donnaient à une courbe la douceur qui appellerait la caresse d'une main, eux qui pointaient l'aigu d'un angle qu'un doigt suivrait peut-être un jour, une fois le meuble fini, installé dans une maison. C'était de la rêverie qui entrait dans les veines du bois. Sa rêverie à lui. Lente. Puissante dans le seul bruit de l'atelier. La cire ne suffit pas à nourrir le bois. La cire, c'est pour après. Lui, au moment de la création de la forme, il avait besoin des mots, ceux qu'il ne prononçait pas. Étienne était reparti le lendemain, il ne restait jamais plus de deux ou trois jours. Le mot confinement était resté.

Enzo l'avait pesé dans sa poitrine. Trop lourd. Aucune essence de bois n'en voudrait.

Alors il sortait chaque matin et il faisait respirer le mot. Pour Étienne. Quand il avait appris l'enlèvement de son ami, le mot avait pris toute la place dans sa poitrine et une peur sourde, terrible, s'était emparée de lui. Cette peur-là, il croyait en avoir fini avec elle. C'était une vague qui lui pétrifiait les entrailles. Il la reconnaissait. Petit il avait lutté contre, en vain, toutes ces nuits où il n'osait pas appeler son père. La mère était partie. Il était seul avec le père et la vague, quand elle le visitait, laissait la pierre dans son ventre. Il n'arrivait plus à respirer. Il restait terré des heures sans sommeil.

Quand Jofranka l'avait quitté après à peine trois ans de mariage, la vague était revenue. Il avait retrouvé la pierre et la lutte. Sans rien dire.

Son métier d'avocate l'embarquait de plus en plus loin. C'était sa vie. Elle avait choisi. C'était toujours elle qui choisissait. Elle avait fait ce qu'elle avait toujours voulu faire, elle défendait les femmes des pays en guerre. Elle plaide à La Cour des droits de l'homme, loin, si loin. Elle ne pouvait pas rester ici, au village. Il savait bien qu'à la fin de ses études, elle partirait. Il le savait. Il l'avait épousée avant. Divorcer, il n'en était pas question. C'est tout.

Étienne était revenu plus souvent à l'époque où elle était partie et il savait que c'était pour lui. Ils avaient fait de la musique ensemble, à l'époque Étienne jouait encore et lui, il sortait le violoncelle. Ils avaient essayé des morceaux à deux mais ça rendait Jofranka terriblement plus présente encore. Sa flûte manquait. Ils étaient un trio. Ils avaient renoncé sans se le dire et ils avaient beaucoup marché dans les bois. Le souvenir de ces promenades d'hommes lui met les larmes aux yeux, à chaque fois, il ne sait pas pourquoi.

Ce matin, sa pensée vers Étienne a une nouvelle couleur. Il prononce des paroles dans le matin, tout seul, il dit C'est la fin du confinement et il est heureux pour son ami. Étienne va revenir ici. Il n'y a qu'ici qu'il peut revenir. Avec eux.

La veille, il a accompagné Irène, la vieille mère d'Étienne, au train. Elle ne parlait pas, toute serrée contre le retour de son fils. Elle protégeait. Elle couvait. Comme elle l'avait fait avec eux trois. Elle disait toujours J'ai tenu trois enfants dans mes bras : le mien, le fils de l'Italien et la petite qui revient de loin. La petite, c'était leur Jofranka. Sur le quai de la gare, cette fois c'est lui qui avait tenu la vieille dame dans ses bras. Il l'avait embrassée sur le front juste avant de la monter dans le train. Elle était si légère.

Dans la voiture au retour, il avait dix ans à nouveau. La petite qui revient de loin, elle avait grandi avec eux, au village, chez des gens qui accueillaient les enfants comme elle, abandonnés tôt. Eux trois, avec Étienne, ils ne se quittaient pas.

Dans le champ maintenant, tous les oiseaux se sont tus, plus rien ne bouge. C'est le moment juste avant le lever du soleil. Derrière la fenêtre, quand Jofranka vivait encore avec lui et qu'il était déjà dehors, elle le regardait parfois, enfouie dans son grand pull, les cheveux tout en broussaille de réveil. Il sentait son regard. Il le sent encore s'il parvient à oublier tout le reste.

Pourquoi ne peut-il se défendre de la peur sourde qui revient ?

Il aimerait que le soleil et le vent se lèvent à la fois. Il a envie de lumière, forte. Et que tous les oiseaux s'envolent d'un coup comme ils savent le faire quand ils pressentent la venue du jour.

Il voudrait juste être à la joie du retour d'Étienne. Il regarde le mont derrière lui. Aujourd'hui il n'ira pas directement à l'atelier. Si le vent est bon, il va voler. Quand il laisse le vent l'emporter, haut dans le ciel, quand l'air devient "les airs" et qu'il vole, suspendu à sa voile toute gonflée, alors il oublie tout. Et l'envie de chanter lui revient. Souvent alors le soir, il chante de sa voix grave, tout seul, les chants italiens que sa mère lui avait appris, petit.

L'avion a amorcé une descente. Le regard d'Étienne ne quitte plus le hublot. Où vont-ils atterrir ? À la durée du trajet il sait qu'ils sont encore loin de la France. Bientôt il distingue un petit aérodrome de fortune. Tout autour, la forêt, dense. Et une piste découverte.

Étienne sent la douleur aiguë dans les oreilles, le bourdonnement. Tant de vols aux quatre coins du monde et toujours les oreilles qui souffrent de la pression de l'air. Aujourd'hui il est content de retrouver cette douleur-là, elle le rattache à son corps d'avant. Tout ce qui peut le relier à avant est bon à prendre. Il presse les parois nasales entre les index et souffle, un truc appris par un steward il y a longtemps pour libérer la pression. Il a fait le geste machinalement. Et il est content de pouvoir encore faire des choses sans penser. Il a tellement appris pendant ces mois à tout peser avant la moindre action… de quoi rendre fou.

Du hangar au bout de la piste ont surgi deux jeeps. Encore des hommes armés, aucun insigne militaire. Où est-il ? Pourquoi dans sa gorge l'étroitesse à nouveau et les tripes nouées ? Il a honte d'être devenu ce type qui a peur, toujours. Il voudrait ne rien entendre ne rien voir être plongé dans l'obscur qui protège de tout. Il a fermé les yeux. Il attend. Le copilote lui a posé la main sur l'épaule, doucement, pour l'inviter à descendre. Il n'ose plus rouvrir les paupières.

C'est cette main, cette main posée si doucement sur lui.

Il a senti les larmes monter. Personne ne l'a touché de cette façon depuis longtemps. Les seuls gestes qui l'ont atteint, ce sont des bourrades dans le dos, avec la crosse du fusil, pour le faire avancer plus vite, ou une poigne qui lui serrait le bras pour le guider quand on le faisait marcher il ne sait où sur des chemins escarpés, et lui toujours aveugle et brinquebalant, le soleil sur la tête et les éclats de voix qu'il essayait de comprendre.

Il a travaillé à se durcir chaque jour un peu plus. Oublier la caresse. Oublier toute douceur pour survivre. Il s'est obligé à faire des exercices pour rester dans une forme physique acceptable au cas où. Fuir peut-être ou aider ceux qui seraient venus le délivrer. Ne pas être un poids mort.

C'est à l'intérieur qu'il a "fait le mort".

Descendre ?

L'autre murmure dans un français rendu rauque par l'accent Vous pouvez rester dans l'avion. Nous prenons le carburant. Un Français monte. Pour vous. Un Français ? Étienne a posé la nuque contre le dossier du siège. Il dit très bas Je vais descendre mais ne bouge pas. L'avion c'était un cocon.

Quelque chose lui frôle le bras. Il ouvre les yeux, sort de son étrange état. Celui qu'il ne peut appeler que "l'homme à la cagoule" est en train de gagner la sortie. C'est son sac qui lui a frôlé le bras. Il ne partira pas avec son Leica, ça non! Étienne s'est levé d'un coup et la tête lui tourne.

Le copilote est près de lui, attentif. Il se redresse. Il va descendre et récupérer son appareil. Sans l'aide de personne. Et il regardera l'autre dans les yeux.
Où prend-il la force de se dresser, de sourire vaguement à l'homme près de lui?
En haut de la passerelle il n'est pas aveuglé par le soleil. La lumière est basse, comme filtrée par les milliers de branches alentour. La forêt est si proche. Si Enzo était là, il irait tout de suite sentir les troncs des arbres, passer sa main sur les écorces et il dirait le nom de chaque essence et ses caractéristiques et lui l'écouterait. Ce serait la paix.
Il dit en montrant la forêt Je peux aller jusqu'aux arbres?
L'autre fait un signe sans appel Non.
Les arbres, les toucher, ce serait ça : être libre. Il les regarde, fait entrer le vert profond en lui. Plus tard. Plus tard.

Les jeeps se garent au pied de l'appareil. Au milieu des hommes armés, un civil. Ce n'est pas tant son pantalon et sa veste bleue qui le désignent ainsi, c'est l'absence d'arme. Il saute de la jeep et avance. Tout de suite Étienne repère que c'est pourtant bien un militaire, cet homme-là, musclé, rapide, quelque chose dans les mouvements du corps, dans la tenue de la nuque, qui ne trompe pas. Qui est il?
La poignée de main est franche, le regard aussi. Étienne se rassérène un peu.
En retrait, l'homme à la cagoule.

L'émissaire lui tend la main aussi. La même poignée de main. La même?
Étienne sent la colère à nouveau, brûlante. Serrer la main de cet homme? Comment peut-il? Lui, il n'arrivera pas à faire ce geste. C'est une évidence. Irréductible. Lui qui s'est toujours gardé de juger les combats. Serrer la main de cet homme-là, ce sera impossible. Et il ne se reconnaît plus. Cette part-là, à l'intérieur de lui, qui fait bloc, il en a horreur. Mais elle est là. C'est lui, ça? Comment a-t-il laissé ce granit se compacter au fil des jours et des nuits? Et maintenant?

Les deux hommes ont entamé une conversation. L'émissaire parle la langue inconnue. Étienne s'est écarté. Il voudrait courir entre les arbres, ne plus penser à rien. Être libre vraiment.
Le granit dur en lui ne veut plus rien entendre de ces voix. Lui, il est un objet d'échange. Une marchandise. À nouveau la honte. Inexplicable. Il se sent déchu.
L'homme a toujours son regard las, absent. Pourtant il parle et sa voix est toujours aussi ferme.
Étienne sait à cet instant que cet homme-là est pour toujours son ravisseur.
Alors lui, pour toujours, un ravi?

Si loin de là, dans le bureau mis à sa disposition à La Haye, Jofranka voudrait retrouver toute sa concentration. Elle a du mal, elle voudrait être à Paris, elle voudrait voir Étienne revenir.

Mais elle attend une femme qu'il va falloir convaincre de témoigner. Une de ces femmes que l'horreur a saisie pendant la guerre, dans sa chair. La paix ne restitue rien de la chair. Rien. Elle dessaisit les corps. Ce qui de la chair est saisi le demeure. Chacune de ces femmes continue à être prise en otage. Toute sa vie parfois.

Elle, son travail, c'est de les amener à la parole. Publique. Une tâche qui lui paraît parfois au-dessus de ses forces. Déjà, dans l'intimité de son cabinet d'avocate, les paroles ont tant de mal à se frayer un chemin. Alors, pour chacune de ces femmes, seule, à la barre, trouver la force de la parole publique, c'est un défi qui dépasse ce qu'on peut imaginer. Et pourtant, Jofranka est là, elle attend. Et une fois de plus, elle va tenter l'aventure. C'est là qu'elle se sent à sa place dans le monde.

Elle a relu le dossier, le connaît par cœur. Maintenant elle sait qu'il faut oublier tout ce qu'elle a lu pour se concentrer uniquement sur la femme qui va pénétrer dans son bureau tout à l'heure. Il lui faut faire le vide avant de se trouver visage à visage avec celle qui va franchir son seuil.

Il lui faut toute sa concentration pour que cette femme franchisse d'abord un pas : celui de ne plus effacer. Que ces femmes ne s'effacent plus elles-mêmes, derrière toutes les justifications guerrières qu'on leur a assénées. Ce qu'elles ont vécu, aucune guerre, si bien argumentée soit-elle, et les humains s'y entendent pour argumenter, ne le justifie. C'est la violence à l'état pur. Jofranka pense parfois "le mal" et elle n'aime pas penser ce mot, seul, comme si le satan existait. Ça la ramène au catéchisme quand elle était petite, dans son village. Elle résistait déjà. Au fond d'elle quelque chose disait Dieu n'existe pas, le Diable n'existe pas. Déjà elle savait que le bien et le mal c'étaient des gens. Rien que des gens. Et que c'était pire.

En choisissant de se consacrer aux femmes détruites par les violences des guerres, elle a accepté la plongée dans la part opaque du monde. C'était une évidence pour elle de se consacrer à la parole et à la défense de ces femmes. Le "mal" est-ce que ça existe ? Elle chasse la pensée et revient à sa tâche. Ce soir elle relira encore des pages de Hannah Arendt et de Simone Weil. Ce soir elle ira puiser à la pensée d'autres femmes sa force pour le lendemain. Cela la rassérène de savoir que les livres l'attendent, qu'elle ne sera pas seule pour affronter sa propre pensée. Puis elle sortira sa flûte de son étui et en jouera. Elle n'a jamais cessé, soir ou matin, de jouer, depuis le jour extraordinaire où Irène l'a emmenée pour la première fois avec Étienne et Enzo au conservatoire de la ville. Elle avait choisi la flûte, tout de suite, sans réfléchir. Aujourd'hui elle se dit que la flûte, c'est le souffle, c'est le son avant la parole et ça peut s'emporter facilement n'importe où. Elle avait bien choisi. Elle savait déjà qu'elle partirait.

Accueillir chacune de celles qui arrivent jusqu'à elle, ce sont des choses qu'on n'enseigne dans aucun cours de droit. Elle a appris toute seule. Maintenant il faut qu'elle-même s'oublie au plus profond, qu'elle se détache totalement de sa propre histoire de femme, qu'elle garde juste sa présence, comme une enveloppe bienveillante, pour que celle qui entre puisse y trouver un abri. Une présence désencombrée de toutes les choses de sa vie à elle, une présence nue, totale, vive. C'est au prix de ce paradoxe que quelque chose peut avoir lieu. Elle a appris à devenir juste cette force-là qui écoute. Écouter sans frémir. Ne pas se laisser submerger par la barbarie. Écouter les mots rares, terribles. Ne pas couper les silences. Laisser venir par fragments le récit de l'horreur. Sa conviction, totale, que si un être humain peut entendre, alors celle qui parle a une chance de reprendre place dans un monde qui a dévasté et la chair et l'esprit. Parce qu'elle est bien là, la différence entre corps et chair. Les corps peuvent bien retourner à la liberté. La chair, elle, qui la délivre? Il n'y a que la parole pour ça.

Si on lui envoie les cas les plus difficiles, c'est parce qu'elle a cette force qui permet aux regards de se lever, de croiser le sien, offert, sans attente, sans la trop lourde compassion. Elle est juste une femme comme elles l'étaient avant, elles-mêmes, cette femme qu'elles ne seront plus jamais mais qu'il ne faut pas qu'elles oublient.

Chaque femme comme une promesse égarée.

Aujourd'hui Jofranka peine à faire le vide. Une partie d'elle est avec ceux d'avant.

Étienne, Irène et Enzo c'est toute son enfance. Sans eux, elle ne serait pas là aujourd'hui. Elle le sait. Eux trois, ils ont été sa vraie famille. Les gens chez qui elle avait été placée, juste après sa naissance et l'abandon, étaient de braves gens. Elle était logée, nourrie et on prenait soin d'elle comme des autres enfants recueillis. Mais sa vraie famille, c'était vite devenu Irène, l'institutrice avec son petit garçon, qui vivaient tous les deux tout seuls au creux du village et cet autre garçon, le fils de l'Italien qui vivait aussi tout seul avec son père. C'est eux deux qu'elle avait d'emblée choisis comme frères de cœur et eux, ils l'avaient adoptée comme leur sœur évidente, simplement.

Les trois avaient prêté serment de ne se quitter jamais et avaient mélangé leur sang sous un grand arbre, un jour, loin du village. Ils avaient dix ans. Elle se rappelle. Ils étaient revenus lentement vers les maisons, silencieux, tout pleins de la gravité de ce qui les liait désormais. Elle se dit que, sous l'arbre, elle les avait épousés tous les deux ce jour-là. Même si c'est à Enzo qu'elle a dit oui dans la petite mairie du village, même si c'est avec Enzo qu'elle a fait l'amour la première fois.

Elle regarde le bout de son index. Depuis longtemps la petite marque a disparu mais elle sent toujours la lame du couteau d'Étienne. C'est lui qui avait officié, sous l'arbre, après avoir brûlé la lame avec le vieux briquet de son père, une relique. Elle avait encore en mémoire les longs doigts d'Étienne, sa façon de tenir le briquet, de le poser délicatement dans l'herbe auprès d'eux, comme faisant partie du rituel, totalement. Et eux deux, Enzo et elle, attendant, silencieux. Elle n'avait pas fermé les yeux. Elle avait attendu la douleur, pénétrée du sens à l'accueillir. À peine un pincement. Elle serrait très fort la main d'Enzo.

Les femmes qu'elle entend aujourd'hui ont vécu l'absurde de la douleur qu'aucun sens ne vient aider à surmonter, la douleur assénée pour détruire. Elles sont devenues des "choses" et c'est de cela qu'elles ne se remettent pas. Reprendre place parmi les autres après, c'est une épreuve qu'on n'imagine pas.

Maintenant elle essaie de chasser l'image d'Étienne amaigri, celle que toutes les télés passent en boucle en attendant son retour. Elle essaie de ne plus se demander dans quel état il va revenir.

De retour dans l'avion, il serre sur ses genoux la vieille sacoche. Il a fermé les yeux. Il retrouve les bosses, le lisse et le rugueux du cuir. Il n'en revient pas. Tout est là. Dans ce contact. Il retrouve tout, d'un coup. C'est son appareil. C'est sa vie.
Il chasse loin l'image d'autres mains posées là où ses doigts se posent.
Il respire un peu plus large.

Il a réussi à regarder l'homme droit dans les yeux quand il le lui a rendu. Il n'a pas pu s'empêcher d'ouvrir tout de suite la sacoche, de sortir le Leica. Il sait qu'il n'y a plus de pellicule à l'intérieur mais il fallait qu'il s'assure que c'était bien son appareil. Intact.
J'en ai pris soin a dit l'homme et il n'a pas su s'il y avait une once d'humour, de la gravité, ou simplement un constat dans cette voix.
Intact. C'est tout. Et ça suffit.

L'homme et l'émissaire français sont partis ensuite dans le hangar. Ils font leur transaction. Lui, il est dans l'avion, assis, l'appareil sur les genoux et la grande colère revient. Contre quoi est-il échangé ? de l'argent ? des informations ? Des prisonniers retenus par d'autres encore, alliés de ceux-ci ou de ceux-là, qui peut savoir dans cette situation folle, si chaotique et changeante de jour en jour ? Aujourd'hui, qui mène la danse et pour combien de temps ? Lui, il ne sait plus rien maintenant de l'état des choses là-bas. Il sait juste qu'il est une marchandise dans ce monde où quiconque peut devenir, en quelques secondes, un objet, juste un objet d'échange pour un autre, il suffit d'avoir tenu l'arme ou l'argent au bon moment. La grande colère, c'est cette pensée-là et il sait que s'il n'endigue pas tout de suite ça, il ne va plus contenir le flot de haine à l'intérieur de lui.

Alors il retourne au trio de Weber qu'ils jouaient tous les trois il y a si longtemps, il lui manque toujours une partie du morceau, il s'efforce de ne penser qu'à ça, à nouveau. Ils avaient treize ou quatorze ans, il ose convoquer dans sa mémoire Enzo au violoncelle, Jofranka à la flûte et lui, au piano. Maladroits tous les trois, mais si déterminés. Ils s'étaient mis en tête de jouer le trio. La pièce de Weber n'était pas de leur niveau mais ils s'étaient accrochés et ils jouaient. Cela faisait des années que sa mère les emmenait tous les trois prendre des leçons de musique tous les mercredis à la ville. Elle les encourageait. Elle aurait rêvé qu'il fasse une carrière de pianiste… L'image de sa mère, il ne peut pas. C'est trop. Alors toute sa concentration pour retrouver les notes. Pas les images. Juste les notes, dans sa tête et ses doigts qui serrent la sacoche.

Il a fermé les yeux. C'est la sensation d'un corps près de lui, d'une chaleur, qui le tire de la sonate.

L'émissaire a pris place sur le siège, à côté de lui. Il dit Ça va aller et Étienne ne sait pas si c'est une question ou un viatique.

Sur le tarmac, un frémissement. Ça y est. L'avion est apparu dans le ciel. Les cœurs battent plus fort, les têtes sont levées. Étienne laisse quelque chose d'immense l'irradier, une vague de fond qui l'emporte le roule le submerge mon dieu la joie la joie la joie. Tout est là juste en dessous de lui. Tout son monde sa vie. Tout. Il scrute le sol qui se rapproche ça vibre dans ses veines. L'émissaire a dû dire quelque chose il n'écoute pas. L'autre sourit et se tait.

Irène a serré très fort son sac contre elle quand elle a vu l'avion. Elle ne bouge plus, respire à peine, elle fait l'Indienne pour ne pas effrayer le gros oiseau qui va se poser qui doit se poser. Elle accompagne sa descente vers la terre de tout son être. Dans sa tête il n'y a plus rien. Rien. Tout a reflué dans les battements du cœur. Toute sa vie.

L'avion touche le sol. Étienne sent le choc de la terre dans tout son corps. Le tremblement il est dans les mâchoires, les dents. L'avion s'arrête. L'émissaire ne le regarde pas et c'est bien. Il a ouvert la bouche pour aspirer l'air, respirer. Il se lève.

La porte s'ouvre.

Une acclamation.

Il apparaît, en haut des marches.

Irène a fait un pas, un autre. Le protocole elle s'en fiche, elle avance, seule, et personne n'ose l'arrêter.

Il y a parfois dans les ciels tumultueux de printemps, au bord de l'océan une clarté brusque qui aveugle contre l'ardoise miroitante des nuages. Dans une déchirure du ciel, inattendu, un bleu, irisé de lumière et de pluie, lavé, incroyable. Un bleu de miracle. C'est là que se tient la mère. Juste sa peau contre les nuages.

Une bourrasque et elle pourrait disparaître.

L'indécision de la lumière alors, c'est sa vérité.

L'homme qu'est son fils aujourd'hui a touché la mort, au fond de lui. Maintenant elle peut laisser tomber tous les masques qu'elle a portés pour rassurer. Il connaît la seule vérité : le pouvoir des mères est dérisoire devant la mort.

C'est le temps du pas hésitant. Le seul vrai. Celui d'un être humain vers un autre. Pourtant c'est bien la mère et c'est bien le fils. Dans ce pas hésitant il y a une défaite et un soulagement. Irène pense Enfin. Elle avance à découvert.

Sous tous les gestes de mère il y a un soupir. Toujours. Et personne pour l'entendre. Pas même celle qui soupire. Les mères prennent tellement l'habitude de faire et faire encore qu'elles ne savent plus elles-mêmes le soupir suspendu dans leur cœur.

Il faut du temps vide pour en prendre conscience.

Irène l'a eu ce temps, d'abord avec le père puis avec le fils.

Elle a au-dessus d'elle le ciel invisible de toutes les mères.

Son pas aura désormais cette fragilité de qui sait au plus profond du cœur qu'en donnant la vie à un être on l'a voué à la mort. Et plus rien pour se mettre à l'abri de cette connaissance que les jeunes mères éloignent instinctivement de leur sein. Parce qu'il y a dans le premier cri de chaque enfant deux promesses conjointes : je vis et je mourrai. Par ton corps je viens au monde et je le quitterai seul.
Il n'y a pas de merci.
Et toute cette attente et tout ce travail de l'enfantement mènent à ça.
Celle qui a fait naître atteint cette évidence, dans une part opaque d'elle-même. Elle sourit elle pleure de joie et de longue fatigue, autour d'elle on se réjouit mais elle, elle a touché à l'endroit sacré : la vie et la mort ne sont pas unies, elles sont juste jointes, et elle n'aura jamais assez de ses deux mains pour prier. À qui dire cela ? À qui confier ce qu'elle a pressenti, qu'elle ne sait pas nommer ? Il faudra pourtant qu'elle réponde de cela toute sa vie dans la part obscure que les mères tiennent cachée. Et toute sa vie elle luttera contre la peur sourde de qui a voué un être au temps. Elle transportera la crainte d'abord sur les petits riens de l'enfance vulnérable : une chute possible, un mauvais mal. Mais la grande peur, celle qui traverse les rêves obscurs, elle n'en parlera à personne. Jamais. C'est l'ombre des mères.

Cette ombre-là a disparu du visage des madones, elles rayonnent d'avoir tout accepté, ou peut-être tout remis dans la main du père, peut-être juste d'être protégées de l'ombre par l'au-delà auquel elles vouent leur enfant… Irène pense aux visages des madones. Mais ce n'est pas au visage qu'on reconnaît les mères, c'est à la marche et aucun peintre, jamais, n'a montré comment marchent les madones : leur pas hésitant, le seul qui vaudrait, on ne peut le contempler sur aucun tableau.

Irène pose un pied puis l'autre comme si ses genoux allaient ployer chaque fois. Elle tient le corps droit mais ses jambes ont retenu la leçon. Toute la gravité fragile dans son pas.

Étienne ne voit plus que la petite silhouette qui avance sur le tarmac.

Elle ne sait plus comment soudain elle a senti le poids de son fils.

Il s'est abattu comme un grand oiseau dans ses bras. Sans un mot. Juste un son rauque. Laisser enfin l'air passer.

C'est dans les veines, au secret des poitrines que les mots fous se disent. Rien ne passe les lèvres.

Donne-moi ta part de mort, mon fils. Donne. Je suis vieille et forte. Moi j'emporterai tout ça sous mes ailes comme l'épervier de notre village.

Ses mains sont à plat sur le dos du fils. Elles ne le serrent pas, ne le contiennent pas. La paume de chacune de ses mains est posée, chaude, au creux des omoplates. Elle appuie à peine.

La mort t'a tenu. Oh cette maigreur. Tout ce que tu as dû abandonner de la vie. Au creux de tes côtes il y a la peur. Elle a ravagé. Mes mains la sentent. Avec mes dents je l'arracherai et j'irai l'enterrer loin. Loin.

Les mains de sa mère, sur son torse décharné, il en sent la chaleur. C'est la chaleur de la cuisine, de la maison, du village, là, autour de lui.

Personne ne peut voir que les lèvres d'Étienne alors remuent en silence. Oh maman si tu savais. J'ai été moins qu'un homme. Emmène-moi. Enlève-moi toute cette puanteur. L'odeur des morts maman, elle est là, collée à moi. Je voudrais dormir. Dormir et tout oublier. Emmène-moi.

Sur le tarmac, quelqu'un s'est mis à applaudir puis quelqu'un d'autre et maintenant c'est la foule entière qui applaudit. La mère et le fils se séparent. Toutes les caméras montreront la main d'Irène qui prend celle d'Étienne et qui le conduit, à pas comptés.

Plus loin, une jeune fille écrira dans son carnet Dès qu'Étienne S. est apparu en haut de la passerelle, la femme à côté de moi s'est mise à pleurer. Je ne la regardais pas c'était gênant mais je l'entendais, je n'osais pas tourner la tête. Et dès qu'il a posé le pied par terre pour rejoindre la vieille dame, elle s'est enfuie comme une folle, en bousculant tout le monde. J'ai retrouvé une boucle d'oreille par terre. On dirait un truc aztèque… je crois que c'est en or.

Il a bien fallu qu'Étienne réponde aux questions qui lui ont été posées, dans un bureau feutré, à Paris, qu'il se livre à tous les examens médicaux. Il connaissait cette procédure des retours. La vivre, c'est une épreuve.

Devant l'homme des renseignements qui le questionne, il se sent collé au mur. Retourner là-bas en pensée, retrouver les détails, quand tout en lui fait bloc contre la mémoire. L'envie d'échapper tire son regard vers la fenêtre, le ciel. L'autre le rappelle par sa voix précise, obstinée. Cela pourrait servir à sauver d'autres vies… le moindre détail qu'il pourrait se rappeler… Mais lui, les vies sauvées, il n'y croit plus.

Seule, la présence d'Irène le relie au monde de la paix.

Comment dire ce qu'il a vu sur le visage de l'homme à la cagoule ? Comment dire que la mort avait déjà pris toute la place, qu'elle n'avait laissé que la lassitude sur ce visage-là, et que cet homme continuerait à œuvrer. Avec elle. Et que là-bas c'est comme ça. Devant ça, ils peuvent aligner toutes les raisons d'État, rien ne tient plus. C'est au-delà de tout. De la politique comme des bons sentiments. Lui, il voudrait juste qu'on le laisse en paix maintenant, c'est tout. Il en sait trop.

Il voudrait réussir à dire à l'homme qui le questionne Il n'y a plus rien à tirer de moi.

Pendant ces séances où les questions le maintiennent dans le souvenir, le visage de la femme dans la ville en folie revient, ses gestes pour vivre et vivre encore. D'elle, il ne parle pas. Elle est au creux de son monde. Il lui faut du silence et du secret. Quand on lui demande à nouveau de se rappeler les circonstances exactes de son enlèvement, il ne dit pas ce qui l'avait arrêté sur ce trottoir, ce matin-là. Il hausse les épaules Je n'ai pas rejoint les autres assez vite… tant pis pour l'étonnement marqué face à lui Pourtant vous êtes un reporter aguerri… il répète "aguerri", soupire et murmure Je n'ai pas couru avec les autres, je ne suis pas allé assez vite… c'est tout.

Tu peux être tranquille je ne livrerai rien de toi. Tes mèches de cheveux lourds, ton regard, je les protège. Dès que je serai libéré d'ici, je te fais la promesse que je prendrai le temps de regarder la lumière arriver sur le grand pré le matin, le temps de marcher jusqu'où je pourrai, le temps d'écouter l'eau du petit torrent, le temps. Pour toi.

Il vit ces quelques jours à Paris dans un étrange état. Percées de joie pure à se réveiller dans un vrai lit ou à simplement ouvrir et fermer une porte. Et besoin terrible de retrouver le silence, l'opacité.

Son corps se partage entre tension et épuisement. La somnolence le surprend parfois en pleine journée.

Il a été installé dans une résidence spéciale, Irène le rejoint chaque jour. Elle, elle occupe son petit appartement de célibataire. Son émotion, quand elle a ouvert les volets des deux fenêtres du séjour. Redonner de la lumière à tout ce qui était resté, comme son fils, enfermé. Si seulement c'était une victoire.

Elle passe là des heures, seule. Il lui a fait une liste de ce qu'il veut emporter. Dès qu'ils le pourront il veut rentrer au village. Elle a du mal à chercher les affaires, se sent intruse dans sa "tanière". Assise sur l'unique fauteuil qu'elle reconnaît, un vieux fauteuil emporté de la maison, elle n'ose pas détailler les photos sur les murs, toucher aux papiers restés sur le bureau. Tout un monde qui l'attendait, lui, à son retour. Un monde de travail. Si peu d'objets personnels. Ses mains reposent sur les accoudoirs et elle caresse sans y penser le velours râpé, grenat. Seul, un tableau la rassure. C'est un bosquet d'arbres qui s'étirent un peu comme une chevelure. Les tons de bleu chaud mêlé au vert, les pointes de rouge, si peu réalistes, la ramènent pourtant à leurs forêts, là-bas, au village. Elle comprend qu'il aime ce tableau. Elle le contemple et elle essaie d'entrer dans les pensées de cet homme, son fils, lorsqu'il vivait ici quelques jours, quelques semaines, avant de repartir, toujours repartir. Ici on sent bien que c'est une base, pas un vrai lieu habité. Elle mesure à quel point elle et lui mènent des vies différentes.

On ne sait rien vraiment de son enfant.

Il lui a confié, l'air épuisé Des années de sommeil et me réveiller neuf, c'est ça que je voudrais. Dormir dormir dormir. Sans rêver.
Elle est impuissante à éloigner les mauvais rêves. Elle a perdu le pouvoir de sa voix, le soir, pour l'endormir.

Comment berce-t-on un homme qui a derrière les paupières toutes les atrocités.

Elle reprend la liste. Glisser l'ordinateur portable dans sa housse, enfourner tout le courrier que lui a remis le gardien dans un sac. Les gestes du quotidien l'ont toujours sauvée. Le dernier matin, le gardien lui a tendu une enveloppe, l'adresse manuscrite, cette écriture nerveuse, fine, elle pense Une femme. Au dos de l'enveloppe, un nom, une adresse. C'est bien une femme. Emma, il l'avait citée plusieurs fois lors de ses derniers séjours. Il n'a pas prononcé ce nom depuis qu'il est rentré.

Dans la chambre de la résidence, Étienne écrit ce matin-là dans un carnet Aucune nuit ne parviendra à me soulager de la fatigue sans fin de ceux que j'ai vu essayer de survivre.

Au village, même si tout le monde l'attendait, le mot d'ordre a été de respecter sa tranquillité. Pas de banderole ni de pot dans la salle des fêtes. Juste les bras d'Enzo quand ils sont descendus du train. Il a senti les épaules de son ami trembler.

Étienne s'est installé dans la pièce du bas, mi-bureau mi-chambre. La pièce où son père préparait ses départs. Dormir dans son lit là-haut, dans son ancienne chambre, impossible. Il est monté pourtant, est resté un long moment assis sur le lit.

À la cuisine, Irène, elle, avait le cœur qui s'envolait en allant préparer le café. Dans sa tête dans ses mains la petite phrase "Il est là" virevoltait, rendait chaque geste précieux.

Il est redescendu avec son sac, a juste demandé Je peux m'installer dans le bureau quelque temps?

Toute la joie d'Irène s'est suspendue. Bien sûr mon petit installe-toi où tu veux. Elle met son tablier, ne sait pas pourquoi, pose devant lui la tasse qu'il affectionne. Elle vient s'asseoir en face, dans son fauteuil en bois paillé.

Étienne lui sourit. La tasse qu'il porte à ses lèvres est fine, large, il sent l'arôme âcre, s'emplit de ce parfum, de la paix de la maison. Calmer l'alarme qui l'a envahi là-haut, tout à l'heure. Ça survient sans qu'il le prévoie. Des moments d'étrangeté. Ce qui était familier s'éloigne. Les objets, les gens sont bien les mêmes. L'étranger, c'est lui.

Il respire lentement, boit le café. Il se rappelle qu'il aurait tout donné pour une tasse de bon café ces derniers mois. S'en tenir à cela. Boire le café. Sentir l'arôme descendre au fond de lui. Irène pose sa main sur la sienne.

Chaque nuit depuis son retour, il faut qu'il lutte pour ne pas se sentir réduit. Il lutte contre le sentiment d'avoir perdu quelque chose d'essentiel, quelque chose qui le faisait vivant parmi les vivants. Il n'y a pas de mot pour ça. Alors dormir dans la chambre de l'enfance, non. Il a besoin d'un lieu que son corps n'a jamais occupé, comme si ce corps nouveau qui est le sien ne pouvait plus s'arrimer aux anciens repères. La grande, l'immense joie du retour qu'il n'osait même plus rêver, il n'arrive pas à la vivre. Il est toujours au bord. Sur une lisière. Il n'a pas franchi le seuil de son monde. L'exil, c'est ça?

Irène s'est obligée à se lever. Ne pas laisser les larmes lui monter aux yeux quand elle le sent partir à nouveau si loin. Elle retourne à la cuisine. Lui parler d'une autre pièce, c'est plus facile. Elle lance les paroles qui polissent les petites choses du quotidien Dis-moi de quoi tu as besoin mon grand. En réponse Tout va bien maman.

Si seulement je pouvais te donner la force qui me reste, ce sont ces paroles-là qui pétrissent silencieusement la pâte du gâteau qu'elle prépare pour le soir.

Avant le dîner elle lui dit Tu viens avec moi au jardin? Et il la suit.

Elle lui explique ses nouvelles plantations. Étienne n'écoute pas vraiment, il laisse juste la voix accompagner le soir qui vient sur les monts, la lumière si douce. Il marche au rythme de sa mère. La voix et le pas, ce sont ceux de l'enfance. Il enlève ses chaussures, ferme les yeux. La voix de sa mère dans son jardin, l'air frais sur son visage, la terre nue sous ses pieds et c'est soudain une vague qui le soulève, l'emporte. Irène s'est tue Continue Maman continue. Irène le regarde et dans son cœur, la vague aussi. Elle continue à égrener pour lui tout ce que le jardin a vécu quand il n'était pas là. Des paroles simples comme les gestes qui permettent au jardin de vivre. Sa voix se perd un peu quand elle se penche sur une nouvelle bouture mais elle ne s'arrête pas. Elle garde le fil ténu qui tisse la paix pour son fils dans le jardin. Elle revoit le jour où Étienne a marché seul, en longeant le mur du couloir, la main posée sur le mur et elle, qui retenait son souffle.

Étienne a penché la nuque en arrière, il ouvre les yeux, s'accroupit, frotte entre ses doigts quelques brins d'herbe, et il respire l'odeur. Il voudrait que ces parfums-là pénètrent sous sa peau, qu'ils effacent tout le reste.

Cette première nuit dans la maison, il ressort seul dans le jardin. Il s'allonge sur l'herbe, essaie de refaire alliance avec la nuit d'ici. Une de ses mains s'enfonce dans la terre. Il est rentré il est à nouveau dans un monde où rien n'est hostile, où des gens, comme sa mère, consacrent du temps à faire pousser des plantes. Et il sait qu'il n'y a aucun équilibre dans ce monde. La paix d'ici ne contrebalance pas l'horreur ailleurs. Ici la vie, là-bas la survie. Avant il passait d'un monde à l'autre. Il était utile. Maintenant il a vécu ce qu'était : ne compter pour rien. Devenir juste une monnaie d'échange entre deux mondes, pendant des mois cela a été sa seule utilité. Il a compris dans sa chair. C'est cela pour des peuples entiers. Il ne pourra jamais oublier.

Où est-elle, la femme qui voulait que la vie pousse et pousse encore dans les jeunes corps de ses enfants ? Sont-ils en train de pourrir sur une route, près de leur voiture calcinée ? Les corps, il en a tellement photographié, il a senti la puanteur, il a su ce que c'était que se remettre en route après et ne pas crouler sous l'impuissance parce que son appareil prenait les images, qu'il donnait une chance à ces gens de ne pas être morts pour rien, juste pour des intérêts financiers déguisés en idéaux de pacotille. Oh cette nuit il ne sait plus rien, il garde les yeux ouverts. Il voudrait juste jeter une poignée de la terre de ce jardin loin au-dessus de sa tête et que chaque grain qui retombe donne à ceux qui pourrissent là-bas, une sépulture.

Au matin, il sort, seul.

Il trimballe son grand corps dans les ruelles du village. Il ne regarde pas les façades des maisons, n'essaie pas de refaire alliance avec les pierres du village. C'est autre chose qui l'a poussé dehors. Il longe l'école, le geste de tendre le bras comme lorsqu'il était enfant, et il laisse à nouveau le bout de ses doigts passer du rugueux compact de la pierre aux barreaux usés de la grille. C'est l'image du petit torrent qui s'est imposée à lui dès l'aube. Il lui faut l'eau qui coule, vive, son fracas sur les pierres, et la lumière qui se diffracte. L'élan de l'eau, c'est dans tout son corps qu'il le veut. Ses jambes retrouvent l'allure de qui sait où il va. La terrible raideur dans les articulations cède un peu. La fraîcheur de l'air du matin sur le visage, les bras, il dévale le dernier raidillon en s'accrochant aux branches aux racines. Les gestes sont là, comme avant et si le corps est moins souple, il tient la route quand même. Il entend déjà l'eau et la hâte le saisit comme lorsqu'il était enfant. Le bruit décuple son envie. Son corps répond, comme avant. Quand il arrive il s'accroupit sur la rive, tend la main. L'eau est froide et c'est un froid vivant. Il sent sa pression sur ses doigts, les tend fort pour mieux sentir la résistance au flux.

Le soleil arrive à travers les branches, atteint ses épaules. Il s'assoit. Les rochers sont là, au bord, et c'est un repos de les contempler. Il y a toujours les grandes pierres plates où ils s'allongeaient, enfants, pour se sécher. Dans sa tête, les choses prennent place. Quand ils ont grandi, aucune pierre ne fut plus à la mesure de leurs corps. Il voudrait se rappeler quand exactement son corps a été trop grand. Il a besoin de dater, douze, treize ans ? L'année où il s'est senti seul pour la première fois ?

Il lève la tête vers la forêt. Pour ne rien perdre de l'odeur des arbres, il ferme les yeux, laisse le fracas de l'eau engourdir son ouïe. Alors l'odeur vient. Il respire la forêt. Des bouffées fraîches et épicées à la fois. Les grands arbres sont là. Il sent leur présence muette autour de lui. S'en remettre à leur force. Rien ici n'a changé. Et rien n'a besoin de lui pour être. Il peut être inutile. C'est ça le repos.

Quand il rouvre les yeux il revoit Enzo traverser à gué sur les petits rochers, le corps en équilibre et il le suit. Comme avant. Il rejoint les grandes pierres plates, s'assoit. Sous sa paume, il sent à la fois le bord de la pierre glacé par l'eau, et juste au-dessus, sa face brûlante de soleil. Les deux dans sa main. À l'intérieur de lui, c'est pareil. Il reste longtemps assis, le corps à nouveau immobile comme lorsqu'il était captif mais là, il est dehors, à l'air pur, et il peut bouger quand il veut.

Pourtant captif. Les deux syllabes ne le lâchent pas.

Captif dès qu'il est en présence des autres.

C'est dans les veines, c'est dans le sang maintenant ? Jusqu'ici ?

Il essaie de s'allonger. Il a besoin de voir le ciel de face. Replier les jambes. Tenir le moins de place possible.

Captif. Ça vibre dans son ventre, entre ses deux épaules. La nuque. Il revoit la nuque penchée d'un prisonnier qui n'en avait plus pour longtemps.

C'est dans sa nuque aussi maintenant. Tout ce qu'il a vu. Comment a-t-il pu traverser toutes ces images pendant toutes ces années ? Il s'est cru indemne. Il a cru… maintenant il ne peut plus, tout est là. Et lui, un territoire occupé. Il voudrait crier J'ai pas le droit d'avoir juste un peu de paix ? Alors il revoit Emma lui disant qu'elle se sentait prise en otage par son absence. Sa lettre est dans sa poche, il ne l'a pas ouverte. Elle ne pouvait pas se douter de ce qu'elle déclenchait. Le corps d'Emma contre lui, sa chaleur, sa douceur si puissante. Il soupire, se rappelle les paroles chuchotées contre sa poitrine. Non, elle ne pouvait pas se douter… lui-même ignorait encore la force de l'impact de chaque mot. Une fulgurance et ses bras ne pouvaient plus la tenir contre lui. Anéanti. Et incapable de comprendre pourquoi. Il n'a rien oublié de la scène, rien.

Seul devant le petit torrent, aujourd'hui, il sait que c'est à cela qu'elle l'avait renvoyé. Ce territoire en lui qu'aucune armée ne viendrait jamais libérer. Une zone intouchable.

Et toutes ses défenses ont pris feu là-bas. Dans l'enfermement. Le confinement. Vécu jusque dans la moindre fibre de son être.

Il n'y a qu'ici qu'il peut retrouve un peu de paix.

Tout ce que j'ai fait, bon dieu, toute ma vie à donner une chance d'être vus, entendus, à ceux que les guerres broient, toute cette vie de risques et périls… pour rien ?

J'ai été réduit à la survie. J'aurais fait n'importe quoi pour un peu d'eau fraîche, le corps d'une femme.

Ils n'ont pas cherché à l'avilir. La situation le faisait pour eux. Il était devenu un objet. C'est ça qu'ils ressentaient les esclaves qu'on vendait sur les marchés ?

Étienne s'est levé. Il faut que le corps bouge, il faut sortir de ces pensées qui replantent un à un les barreaux de la cage autour de lui. La lettre d'Emma, il pourrait la jeter dans la rivière. Ses doigts glissent sur l'enveloppe. La peau d'Emma il ne l'a pas oubliée.

Toute la journée est à lui. Dans les monts, dans la forêt, il va marcher sans se demander où il va. Son cœur se gonfle. Les traces anciennes, elles sont encore sous ses semelles, il ne peut plus se fier qu'à elles. Il remplit au petit torrent la gourde qu'il a récupérée ce matin. Il goûte l'eau au creux de sa main. Que cette eau le lave de tout ce qui retient en lui le bonheur d'être vivant. Il part sur le sentier entre les arbres.

Il a averti Irène qu'il rentrerait sans doute tard et elle est juste allée chercher un morceau de pain et du fromage qu'il a enfourné dans sa sacoche avec la gourde, comme quand il était petit.

De la fenêtre, elle l'a regardé s'éloigner.

Sa haute silhouette l'a rappelée des années en arrière. Elle s'est parlé toute seule, comme elle fait souvent. Tu marches comme ton père. Quand il rentrait de ses voyages et que je sentais qu'il n'avait qu'une hâte : y retourner. Lui aussi partait vers la forêt et même ici, dans notre maison, l'attente ne cessait pas. Sa présence ne comblait rien. J'étais devenue une drôle de femme. Une femme qui attend ce n'est plus tout à fait une femme. Est-ce qu'il faut toujours que l'histoire recommence ? j'étais comme notre village, un espace traversé de ruelles qui semblent mener au centre, à la place, mais en fait qui se détournent l'air de rien et vont toujours vers la forêt. Un jour je t'ai cherché, tu étais petit, sept ou huit ans peut-être et tu étais sorti avec un drôle d'air, ton goûter à la main. Je t'ai suivi, de loin. Tu as pris une rue une autre, je me demandais où tu allais… chez Enzo ? non, tu as évité la maison de l'Italien, tu allais d'un pas décidé et j'étais intriguée. Tu as continué et j'ai compris. Je t'ai suivi quand même encore. Tu t'es arrêté devant le petit torrent et tu as mangé ton goûter debout, face à l'eau qui cascadait. Puis tu as jeté d'un geste large les miettes, comme une offrande, et je t'ai entendu tu parlais tu criais des choses dans le bruit de l'eau. Je n'ai pas compris les mots mais j'ai pensé à une prière et je suis restée là, à te contempler. Est-ce que si j'avais compris ta prière, j'aurais mieux su te protéger du monde ?

Toi et moi nous étions des petits territoires envahis par l'absence. Et nous faisions face, comme nous pouvions. Parfois il faut savoir baisser la tête.

Irène s'est installée au piano, elle joue, et le son accompagne ses pensées jusqu'à ce que les pensées s'effacent et que ne reste que la musique.

Quand la lumière de l'ouest réchauffe les monts au loin, Étienne redescend vers le village. Des heures passées dans la forêt et sur les hauteurs, il lui reste une ivresse, la tête lui tourne un peu et ses jambes vacillent. C'est le prix pour sa première journée au grand air. Il se promet qu'il y en aura d'autres, beaucoup d'autres. Marcher et marcher encore. Ne plus penser à rien, laisser la mécanique des jambes le porter. Les branches des arbres dans la lumière qui dessinent des entrelacs compliqués et lui. Se perdre dans les motifs, les verts intenses, presque bleu foncé des frondaisons. Il repense au tableau d'Alexandre Hollan là-bas, au-dessus de son bureau, à Paris.

Ralentir encore le pas, arrivé au sommet, pour la lumière qui éclaire le village, en bas. Manger le pain et le fromage, adossé contre un arbre.

En mangeant lui étaient revenues les paroles d'une amie de retour d'un reportage dans les prisons. Les détenus rêvaient d'œufs sur le plat et elle leur avait promis de penser à eux quand elle s'en ferait. Elle lui avait raconté comment alors elle avait porté toute son attention au grésillement de la poêle, à l'odeur dans sa cuisine, comment un œuf sur le plat était devenu un mets de choix. Lui, il se rappelle qu'il a attendu une écuelle comme le seul événement de la journée. Le seul qui ne le terrorisait pas. Un jour, ils avaient oublié ou n'avaient pas pu, il n'a jamais su. Il a connu la peur de ne plus être nourri et la rage d'être à la merci d'autres hommes pour simplement survivre. Il s'en est voulu de guetter chaque bruit comme un animal aux aguets. Ce jour-là, il s'était efforcé à ne plus penser à la nourriture, n'y était pas parvenu. Tout son être tendu vers une gamelle, il en était là. On se remet de la peur des combats, pas de l'avilissement. Quand il a mangé le pain et le fromage sur la colline, il a fallu chasser ce jour-là pour goûter la liberté.

Il s'est concentré sur la saveur du pain. Ne plus jamais s'en lasser. S'en vouloir de juste avaler déjà sans prendre le temps de savourer. Que chaque chose retrouvée s'enracine vraiment. Pour ne plus jamais la perdre. Mais il oubliera. Il le sait. J'oublierai d'être attentif au goût du pain mais la honte d'avoir attendu l'écuelle, elle est tatouée sous ma peau. Elle reviendra comme la déflagration d'un pot d'échappement qui me fait sursauter et me remet dans la guerre, comme l'image de cette femme qui me surprend devant une simple bouteille d'eau posée sur la table de ma mère. Pourquoi c'est cela qui reste ? Mon dieu, dans six mois dans un an qu'est-ce qu'il restera dans ma tête ?

Quand il redescend vers le village, il sent qu'il ne pourra pas rejoindre sa mère tout de suite. Encore trop lourd.

Il marche lentement. Tout ce qui le reliait au temps d'habitude s'est effacé. Les mois passés, isolé des autres et du temps partagé des horloges, l'ont coupé aussi du temps à venir. Sa tête bourdonne encore de tout cela. L'horizon, c'est le petit torrent, les monts, la maison de son enfance, l'accueil de sa mère… au-delà il ne sait pas. Ne plus s'arrimer qu'au familier d'avant tous ses voyages.

Et ses pas le conduisent chez Enzo. La porte d'Enzo n'est jamais fermée. Retrouver son sourire, ses mots rares et ses bras grands ouverts. La paix de l'atelier. Il s'installe dans un coin, s'oublie à regarder son ami qui s'est remis au travail.

Il reste longtemps, la pensée engourdie.

Puis il pense aux arbres et à ce qu'ils deviennent, ici. Une autre vie qui passera de main en main.

Il a toujours envié à Enzo cette capacité à "transformer". Du temps passe, sans paroles. L'odeur du bois, le bruit des outils, le vent dehors qui s'est mis à souffler un peu, c'est assez.

Puis Enzo quitte l'établi. Il pose la main sur l'épaule d'Étienne au passage. Il revient avec une bouteille et deux verres. Étienne sourit. Il reconnaît l'étiquette. C'est son vin de prédilection. Un cépage très dense et léger à la fois. Un vin rare. Enzo a toujours soigné sa cave comme il soigne tout ce dont il s'occupe. Assis côte à côte, ils boivent lentement le vin, comme avant.

Retrouver le goût oublié, se concentrer sur la saveur, écouter la voix d'Enzo qui parle. Tes pays, je les sens parfois dans mes mains quand je travaille. Le bois m'a toujours emmené dans les forêts et pas seulement les forêts d'ici. Avec le bois je vais loin. À ma façon. Les vibrations de cette voix l'apaisent, il les connaît si bien. La voix d'Enzo et le son de son violoncelle, dans son souvenir, c'est la même tendresse. Elle se mêle au goût du vin. Il n'a pas senti l'ivresse le gagner mais peu à peu il a la sensation que son corps repart. Loin. Pourtant l'odeur du bois, la présence d'Enzo, la couleur chaude du vin dans le verre qu'il élève jusqu'à ses yeux, tout est bien là. Rassurant. Mais son corps le lâche, flotte et la peur revient. Il revoit des montagnes lointaines, des paysages enfouis. Il sent sa poitrine se resserrer. Comme là-bas. Quand tout le poids des images se mettait à peser si fort parce que les images, quand on n'en fait rien, pèsent sur chaque millimètre carré de l'esprit. Quand la paix?

Soudain il prend le bras d'Enzo Joue-moi quelque chose. S'il te plaît.

Enzo a fini son verre puis il s'est levé, en silence. Étienne l'a suivi jusque dans la grande pièce de la maison. Ici tout respire la paix des gestes quotidiens que rien n'entrave. Étienne s'est assis, il laisse sa nuque reposer sur le dossier de son fauteuil. Se confier à la musique de son ami c'est tout. Son seul viatique pour cette nuit.

Enzo ne lui demande pas quel morceau il veut entendre. Il accorde l'instrument, gravement, comme il l'a toujours fait, et il entre directement dans la musique.

Étienne retrouve la forêt. Enzo, c'est comme les arbres. Juste la force de sa présence. Étienne soupire, continue à boire le vin, ferme les yeux. Ce que joue Enzo il ne le reconnaît pas et c'est bien. Il se laisse emporter par l'inconnu. Peu à peu dans sa poitrine ça se desserre. La musique pénètre, les images refluent. Les paysages visités se lavent des hommes. Restent le désert, les collines arides. La mer est proche. C'est un étrange territoire. Plus rien pour faire barrière. L'horizon de toute part. Et maintenant une plage immense. Il est très petit. Son père marche à côté de lui. Entre eux deux, le souffle de l'océan. Le sable de la plage et celui du désert se mêlent. Il tient à nouveau son appareil photo. Il sent son poids familier. Il marche. Il est tout seul devant l'immensité. La musique accompagne cet étrange voyage. Peu à peu il entre dans le sommeil.

Enzo continue à jouer pour son ami endormi. Sous ses yeux maintenant, le corps si amaigri. Il joue doucement. C'est le mot "confinement" qu'il fait vibrer sur les deux cordes basses du violoncelle. C'est sous sa propre peau. Le visage d'Étienne est paisible. Enfin. Il continue à jouer doucement. La musique maintenant habite toute la pièce. Elle borde le sommeil de son ami. Avant, à chacun de ses retours, Étienne disait qu'il retrouvait au village les vraies nuits, le sommeil dans un cocon protecteur tout autour de lui. Ici, il refaisait ses forces pour affronter les images qui l'attendaient ailleurs. Enzo pense au corps de son ami comme à un mausolée. Tout ce qu'il a vu senti entendu sans rien oublier. Étienne lui a dit tout bas, le soir de son retour, chez Irène, que depuis qu'il avait été réduit à vivre comme il avait vécu ces derniers mois, tout s'était fissuré. Même la nuit. Et Enzo s'est tu.
Les paroles qu'il aurait voulues pour son ami, elles sont dans sa musique cette nuit. Elles disent l'air du matin qu'il allait respirer pour lui. Elles disent la cime des arbres et l'élan du vol quand il planait là-haut et qu'il essayait d'élargir le confinement. Pour lui. Pour Étienne. Les paroles sont là. Ses mains ont toujours su dire mieux que sa bouche. Que sa musique borde le sommeil. Qu'elle éloigne les mauvais rêves. Il garde la porte des enfers. Dors Étienne,

le confinement il est encore là, dans ton corps. Dors. Quand on était petit, tu voulais déjà tenir le moins de place possible. Tu étais celui qu'on ne remarque pas, dont on oublie la présence. Moi je rêvais de voler mais toi, tu te faisais le plus léger possible pour voir le monde. Notre village, même vu d'en haut, ça ne te suffisait pas. Il y avait une part de toi ailleurs, toujours ailleurs. Même quand on jouait notre trio, tous les trois, une part de toi n'était pas là. À nous deux, Jofranka et moi, on n'a pas pu te retenir. Et moi je n'ai pas pu retenir Jofranka. Ici c'est un village où on ne sait pas retenir ceux qui partent. On sait juste les suivre des yeux jusqu'à ce qu'ils disparaissent de notre horizon et après, on les attend. Comme on peut.

Dans la poitrine d'Enzo il y a les forêts bleu sombre. Il joue il ne s'arrête pas il vole très haut au-dessus du village et l'air entre dans sa musique. Chaque lettre du confinement s'envole. Loin. Comme la poussière qui roule et se perd sur les chemins l'été.

Dans la musique d'Enzo il y a tous les pays qu'il ne connaît pas qu'il ne connaîtra jamais et sa part absente, à lui, qui vibre dans tout l'espace de la pièce. C'est avec cette part, il le sait, qu'il polit le bois chaque jour. La part absente ne peut contenir aucun amour. Chacun d'eux trois avait la sienne et chacun la jouait dans leur trio.

Enzo cette nuit joue pour Étienne pour Jofranka pour l'enfance qui les a réunis sur le chemin. Pour cette part d'eux-mêmes qu'ils n'atteindront jamais. Leur part d'otage.

Enzo a veillé toute la nuit. À Irène, au téléphone, il a dit à voix basse Il dort… c'est le vin… Ne le réveille pas, c'est bien… Quand la fatigue lui a fait poser l'archet, il s'est installé à la table et il a fini lentement la bouteille en attendant le jour. Il revoyait Jofranka. Les images de l'enfance étaient les plus fortes. Il a revu leur pacte à tous les trois sous l'arbre. Le petit visage de Jofranka qui ne fermait pas les yeux, bravement.

Il aurait aimé tenir le couteau.

Quand Étienne a quitté la maison d'Enzo, au matin, il a touché au fond de sa poche la lettre d'Emma. L'ouvrir, la lire, il n'en avait pas eu envie de toute la journée. Après, il l'avait oubliée. Il regarde au soleil l'enveloppe. L'écriture, il la connaît si bien. Elle glissait des mots d'amoureuse dans son sac, dans ses poches, et les toucher, seulement les toucher du bout des doigts, au milieu du chaos, c'était retrouver un fragment de nuit avec elle, son odeur. L'envie furieuse de rentrer. Pourquoi aller se jeter dans ces lieux dévastés du monde. Dans son dernier voyage, il lui est arrivé de chercher du bout des doigts, machinalement, un petit papier au fond d'une poche. Mais rien. L'histoire était finie.

Elle lui a écrit une lettre.

Il sait que les mots, quels qu'ils soient, sont désormais inutiles. Il remet la lettre dans sa poche. Il ne la lira pas.

Irène est au piano quand il rentre. Il l'embrasse sur les cheveux et s'assoit, derrière elle, sur la chaise à haut dossier, comme lorsqu'il était enfant. Il l'écoute. Il ne sait pas que souvent, la nuit, quand elle ne dort pas, elle joue. Pendant tous ces jours où l'angoisse l'étreignait par moments si fort, le piano est resté silencieux. Poser ses doigts là où lui avait posé les siens, elle ne pouvait pas. Elle a maudit le souvenir des jours anciens de l'attente, quand elle désespérait de revoir Louis, son père. Elle ne voulait pas remuer le sort. Étienne reviendrait, lui. Étienne était toujours revenu. Il ne fallait pas confondre les attentes. Alors elle lisait. Nuit après nuit. S'il n'y avait pas eu les livres…

Cette nuit, elle est revenue vers le piano. Elle a joué. Savoir son fils, comme avant, chez Enzo, c'était retrouver son monde. Elle s'est sentie à nouveau libre. Elle a joué longtemps, abandonnée à cette paix retrouvée. Alors, du plus profond d'elle est revenue, lentement, comme la brume d'été qui avance sur la mer, la très ancienne peine, celle dont elle n'a jamais parlé. À personne. Le souvenir d'une lettre, découverte dans le tiroir de Louis, pendant un de ses voyages lointains. La lettre écrite par une autre femme, même pas vraiment cachée, la lettre qui disait l'attente. Une langue étrangère mais les derniers mots, écrits en français pour lui Amour j'attends j'attends j'attends… Une ligne entière de j'attends écrite par la main d'une autre femme. Ces mots-là flottent, le courant lent du souvenir les ramène. L'attente encore et encore. Celle des mères celle des amantes… Elle n'en avait pas parlé à Louis. Étienne venait de naître et elle avait compris que Louis leur reviendrait toujours. Elle n'a jamais connu le visage de cette femme et elle n'a rien cherché. Elle sait juste le prénom, la signature. Le timbre disait un pays lointain et tout en elle faisait barrage pour ne rien savoir de plus. Dans les affaires de Louis quand il a fallu se résoudre à le penser mort, quand il a fallu ranger, seule, elle n'a jamais retrouvé cette lettre.

Souvent, la nuit, elle a pensé à écrire à cette femme. Des lettres de haine quand elle imaginait que c'était pour la revoir qu'il avait entrepris le dernier voyage. Des lettres de questions. Depuis quand ? où ?… et puis le temps avait poli la peine et c'est à l'enfance qu'elle avait dédié ses jours. Celle d'Étienne bien sûr et celle des enfants du village. Elle leur avait donné toute son attention. Peu à peu elle avait appris à reconnaître à un lacet mal noué, à une tache persistante sur un pull, à un sourire trop appliqué, la solitude d'un petit dans une famille qui se défait, et tant d'autres signes qui lui disaient la violence la lassitude ou la joie dans laquelle les enfants vivaient… elle connaissait le village par ses enfants. Très vite elle avait "adopté" Enzo et Jofranka, les deux qu'Étienne s'était choisi pour amis.

Ce matin, elle joue la partie de piano de leur trio, celle d'Étienne. Un sourire lui vient. Elle les revoit, si sérieux tous les trois et son cœur se gonfle. Tout va bien à nouveau. Étienne est de retour, les souvenirs peuvent reprendre leur place, et elle n'attend plus personne. Et soudain elle espère que l'autre femme n'attend plus non plus. Il n'y a plus de place en elle pour la jalousie la colère la haine. Pourquoi aurait-il fallu qu'elle soit la seule à aimer Louis ? Elle imagine une lettre à écrire à cette femme, une lettre qui dirait que l'attente creuse des trous dans les corps et qu'on y perd les souvenirs heureux, que c'est dommage, une lettre qui dirait que Louis est mort il y a si longtemps en mer… qu'il ne faut pas qu'elle pense qu'il l'a juste rayée de sa vie un jour, sans un mot. Aujourd'hui, si cette femme vit encore, elle doit être une vieille dame, comme elle. Mais c'est impossible à écrire vraiment, une telle lettre. Alors, assise au piano, elle pense à la femme, dans une autre partie du monde, et à leur part commune, prise et emportée par le même homme. Elle y pense comme à une étrange compagnie.

J'aime quand tu joues, maman…
La voix d'Étienne la tire de l'absence. Elle tourne son visage vers lui. Il ne peut pas savoir ce que son absence à lui a exhumé… elle sourit
Tant que mes doigts acceptent de ne pas me trahir, j'en profite mon petit… tu veux un café?
Ils s'installent tous les deux. Irène a repris sa présence tranquille. Pour lui. Dans l'odeur du café chaud. Étienne la regarde. Un fils ne sait pas ce que cache le front d'une mère. Il la retrouve telle qu'elle lui est toujours apparue. Forte, paisible, rassurante. Ce matin, il s'est réveillé dans la maison d'Enzo, une couverture légère posée sur les épaules. Il a retrouvé Enzo avec un sentiment de joie immense. Cette nuit, il a dormi sans cauchemar. Est-ce possible que les bons jours reviennent?
L'odeur du café chaud, le sourire de sa mère, sa main dans ses cheveux… Et soudain les larmes qu'il n'attendait pas coulent sans qu'il puisse rien retenir… je suis désolé maman… je suis désolé… c'est tout ce qu'il peut dire… Irène le serre contre elle comme lorsqu'il était petit. Comment embrasser toute la désolation d'un homme. Lui se laisse aller contre le corps frêle de sa mère, la tête contre son ventre, il ferme les yeux, laisse la vague immense l'emporter. Elle continue à lui caresser doucement la tête. Par la fenêtre elle voit le ciel et un oiseau, léger, si haut… Les oiseaux voient

tout et rien n'alourdit leurs ailes. Derrière les paupières de mon fils il y a l'horreur du monde. Dans cette tête que je caresse combien de cris perdus d'appels de paroles brisées les ruines de tant de vies les ruines les ruines… mon dieu… comment faire pour vivre dans les décombres… la désolation… et les larmes d'Étienne coulent aussi sur son visage.

Dans la cuisine, ils sont là. Aucune arme ne protège de la peine du monde. Irène n'essaie aucun mot de consolation. Il n'y en a pas. Peu à peu la désolation cédera la place, c'est à cela qu'elle s'arrime. Parce qu'il y a les oiseaux qui prennent toutes les souffrances sous leurs ailes. Parce qu'il y a les arbres qui mènent la peine des hommes jusqu'au bout de leur feuillage. Parce qu'il y a des petits torrents qui roulent des pierres de l'eau limpide et qui laissent joyeux les corps des enfants. Elle essaie de toutes ses forces d'y croire.

Le monde d'Étienne, dans les temps qui ont suivi s'appuie sur celui de l'enfance. Il a repris le rythme des journées. Marcher beaucoup, se laisser reprendre par l'air d'ici, la voix de sa mère qui échange quelques mots avec un voisin ou répond au téléphone. C'est elle qui donne de ses nouvelles. Des jours passent ainsi.

Installé dans l'ancien bureau de son père, il se demande à quoi cet homme songeait lorsqu'il était seul en mer. Il aimerait lire son journal de bord. Mais rien. Aucune trace. Tout a disparu avec lui. Et il revoit les maisons dévastées, celles où les gens, où qu'ils soient dans le monde, cherchent des traces, un objet à emporter, quelque chose qui rappelle la vie d'avant… Ses souvenirs à lui reviennent sans ordre. Ce sont plutôt les images lointaines que sa mémoire lui redonne. Celle de ses premiers reportages et toujours quelque chose qui le ramène à l'enfance, la sienne, ici. Parfois il a la sensation d'être un enfant à nouveau. Mais sans l'innocence. L'innocence sauve de la barbarie. Elle n'exclut pas la sauvagerie. Sauvages, ils l'ont été, lui, Enzo et Jofranka. C'est ainsi qu'Étienne pense à eux trois. Leur sauvagerie c'était le monde qu'ils s'étaient créé, où ils vivaient, loin de la réalité des autres. Ce monde-là, ils le gardaient farouchement comme seuls des enfants peuvent le faire. Ils passaient des heures au milieu des arbres, au petit torrent ou dans la chambre d'Enzo. Il avait le grenier pour lui tout seul et il avait aménagé une sorte de tipi sous les poutres. Leur maison. Étienne les revoit sortant les trésors qu'ils avaient glanés au cours de leurs marches après avoir formé la figure secrète de leurs trois index qui se touchaient. Le signe du sang partagé. Pour la vie. Irène les laissait faire. Mais c'était elle qui avait installé la musique dans leurs vies. Aujourd'hui Étienne mesure la subtilité de cette éducation. Libre et exigeante. Irène savait ce qu'elle faisait. La musique c'était la rigueur sinon pas de beauté. Et il n'y avait aucun commentaire à faire. Il suffisait d'écouter.

Elle s'était fiée à la musique pour leur apprendre à accepter les règles et les contraintes. Il pense "la mesure".

Il a abandonné peu à peu la musique. Il ne pratiquait plus assez. Le plaisir se perdait. D'année en année, de mission en mission. Parfois dans un hôtel ou dans un bar, s'il y avait un piano, il jouait.

Un jour, il se rappelle, dans une ville à moitié détruite par les bombes, un vieil homme l'avait attrapé par la manche quand il jouait. Il ne comprenait pas ce qu'il voulait. Pourtant il l'avait suivi. Dans la guerre on fait des choses sans penser. Juste parce qu'il y a un regard ou une main. Il était passé par un dédale de ruelles en se demandant comment il retrouverait l'hôtel si le vieux ne le raccompagnait pas. Il avait laissé son appareil dans la chambre de l'hôtel et s'en était voulu : la vie continuait, dans ces foyers à ciel ouvert où miraculeusement demeuraient une cuisinière, une casserole, des couvertures entassées contre un mur encore debout. Des gens vivaient comme ils pouvaient, dans les décombres de ce qui avait été leurs maisons ou celles d'autres moins chanceux qui n'avaient pas survécu. Il avait pensé aux habitants des grottes préhistoriques. Il avait pensé aux plantes qui poussent dans les creux des rochers, agrippées à si peu de terre. Puis il s'était retrouvé dans un appartement miraculeusement conservé. L'étage du dessus avait été en partie détruit ; mais pas celui-ci. Des tapis, des statuettes, Étienne se rappelle les objets rares… une femme était sortie de la cuisine. Une femme aux traits rudes, sans doute une montagnarde. Le foulard noué sur les cheveux, le grand tablier et la jupe noire. La servante de la maison. Elle avait apporté le thé sur un plateau ancien, un de ces plateaux ottomans qu'on tient par un anneau au sommet d'un triangle. Étienne se rappelle les motifs si précisément qu'il pourrait les dessiner. Ciselés dans l'argent. Et le piano, un demi-queue encore accordé.

Comment avait-il pu enfouir ce souvenir si longtemps ?

Il avait joué pour le vieil homme. Il était dans un étrange état. Aux murs, des photographies encadrées, certaines, anciennes, d'autres récentes, des sourires, des mains tenues. Les portraits d'une famille qu'il ne connaîtrait jamais. Il jouait pour eux aussi. C'était cela la demande du vieil homme. Il s'était efforcé de retrouver la rigueur, la souplesse de ses doigts. Pour eux tous. Comme s'il avait joué devant un parterre de défunts bienveillants, attentifs, tous ceux qui avaient dû abandonner une part de vie trop tôt. La servante avait laissé la porte de la cuisine ouverte. Elle s'était assise sur une chaise. Elle écoutait. Et bientôt c'est pour elle aussi qu'il avait joué, il s'en souvient. Elle dont il ne connaîtrait rien que les mains posées à plat sur les genoux, le dos très droit et le visage qu'aucune lampe n'éclairait. Il ne sait pourquoi mais il est sûr, aujourd'hui encore, qu'elle pleurait.

Étienne laisse le souvenir trouver complètement sa place en lui. Il revoit au petit matin son retour vers l'hôtel, le vieil homme le guidant en lui tenant la main. Il avait passé la nuit là-bas entre le piano et les verres de thé bouillant. Il s'était assoupi au petit matin sur un sofa recouvert d'un tissu aux motifs anciens. Il se rappelle la douceur du tissu, la sensation de bien-être de cet endormissement, là, loin de toute l'horreur et le prénom de la servante que le vieil homme appelait doucement "Elfadine". Quelque chose d'irréel au milieu de la guerre.

Étienne s'est assis devant le piano. Irène a joué un peu puis elle est partie au marché avec Enzo, à la ville voisine. Les accompagner, marcher au milieu des gens, il ne peut pas.

Il est seul dans la maison.

Il revoit le vieil homme se pencher avant de le quitter, à la porte de l'hôtel, et lui embrasser la main. C'est ainsi qu'ils s'étaient quittés. Le dos de l'homme avait disparu, vite, dans la ville. Et lui s'était retrouvé, étourdi, longtemps ému par le baiser furtif déposé sur sa main. Il n'avait même pas eu le temps de le remercier pour ce temps loin du fracas et de l'affairement sans répit de la guerre.

Il ouvre le clavier.

Une note seule puis une autre.

Ne pas essayer de jouer quoi que ce soit. Juste écouter comment chaque note résonne dans cette pièce. Une note reste la même où qu'elle soit jouée mais le son, est-ce qu'il s'imprègne des souvenirs et des pensées de ceux qui habitent là, des gestes de tous les jours, de l'habitude? Comme si vivre pouvait être une habitude. Ne pas penser. Juste écouter. Une note ici et une note là-bas ne peuvent pas être les mêmes. Pourtant. L'accordeur de piano fait le même travail partout. Alors.

Écouter. Sous ses doigts la musique qui revient, lointaine. La musique de cette nuit-là. L'oreille se souvient. Les doigts se souviennent. La musique revient.

Étienne joue.

Avec la musique, rappelées, les images. Celles de cette nuit-là puis d'autres, plus obscures.

Des hommes et des femmes rencontrés. Des vivants et des morts aussi. Dans le souvenir, la même place. Un visage est un visage. Les images sont silencieuses. Il n'y a plus que les visages sans le fracas autour sans les cris. La musique efface tout. Elle découpe dans le silence les silhouettes.

Se rappeler. Supporter ce que la mémoire fait revenir.

Étienne joue.

Alors dans une strate toute fraîche apparaît un mur. Un pauvre mur de terre séchée une couleur passée entre gris et rose… un mur qui avait été peint un jour… par des mains qui avaient voulu mettre un peu de beauté dans la misère… Tous les détails sont là. Le craquèlement de la surface, un endroit comme enfoncé, un creux au bas du mur, il a eu tout le temps de se demander ce que c'était.

Son ventre se serre.

Continuer à jouer. Reconnaître chaque fissure du mur. Son mur. Face à lui. Jour après jour. Là-bas. Et lui assis par terre devant, s'obligeant à étendre une jambe puis l'autre, s'obligeant à soulever un bras puis l'autre, s'obligeant à rester en vie. Rien. Ne plus être rien. Ne plus rien savoir du monde, de personne. S'obligeant à parler à voix haute pour ne pas perdre la langue. Il paraît qu'on peut perdre jusqu'à l'articulation des mots. Peur de devenir une bête. Juste une bête qui attend de quoi se nourrir et tenir en vie, encore. Peur de ne plus jamais pouvoir être un visage face à un autre visage. Peur de devenir un sans-âme un plus rien. Son mur. Face à lui. Continuer à jouer. Et lui cognant une nuit sa tête contre ce mur. Tout seul. Combien de fois ? D'abord doucement puis de plus en plus fort. Juste pour sentir quelque chose. Encore. Le sang. Et perdant conscience. Et personne. Personne oh personne.

Ne pas s'arrêter. Jouer. Pour tous ceux qui continuent à se taper la tête contre les murs. Lui ici, dans le pays en paix, dans la maison en paix. Ne pas s'arrêter.

Pour la femme aux cheveux noirs, son regard levé un instant vers lui. Il aurait fallu traverser. Faire quoi ?

Jouer. Pour l'homme tassé au fond de la voiture. Sa masse défaillante. Pour les enfants aux bras trop lourdement chargés. Ne pas m'arrêter. Jouer. Ils trottinent là, si près dans ma tête mon dieu. Jouer. Laisser les notes envelopper les corps caresser les visages tous les gestes que je n'ai pas faits les mots que je n'ai pas su murmurer à ceux qui les attendaient ou n'attendaient plus rien.

C'est tout son corps qui résonne de ce qui n'a pas eu lieu. Faute de. Il est devenu un labyrinthe plein d'échos. Laisser passer l'air laisser passer la musique ne plus être que ça un pauvre lieu humain traversé.

À l'intérieur de lui des vagues lentes, puissantes, qui soulèvent la poitrine charrient les images. La mémoire est à l'œuvre. La musique est à l'œuvre. Ce qui était si loin au fond de lui hissé vers l'air le ciel. Il y a l'enfance il y a le monde. Tout est là.

Il s'est levé. Il lui faudrait l'océan. Un horizon. Pour que les images s'éloignent lentement pour les suivre des yeux jusqu'à perdre de vue.

Il a quitté la maison il a marché dans la forêt écoutant chaque vague qui enfle se déploie. Épuisant le ressac. La phrase Il y a l'enfance il y a le monde rythmant ses pas. Dans sa tête, la musique du trio de son enfance. Maintenant c'est à l'air libre qu'il rejoue la partition silencieusement. Les notes et les images mêlées, engendrées l'une de l'autre, il ne sait plus. Il s'est assis au pied d'un arbre, a fermé les yeux. Quand il a rouvert les paupières il a contemplé la lumière ciselée par les feuilles au-dessus de lui.

Les odeurs d'ici, la lumière d'ici. Me dire que je vais rentrer tout à l'heure et qu'il y aura ma mère et Enzo, que ce soir nous serons ensemble autour de la table et que nous parlerons de petites choses. La vie ici. Et moi.

Il est rentré et tout était comme il l'avait imaginé. Irène avait préparé le repas et Enzo avait choisi le vin. Partager le repas et l'ambiance rieuse, douce. Écouter les petites nouvelles des uns et des autres. Sourire en reconnaissant des noms, en se souvenant d'un visage. La phrase Il y a l'enfance il y a le monde là, dans sa tête, insistante. Les mots où s'encorder ne pas sombrer. Les mots séparent et lient dans le même mouvement l'enfance et le monde. S'encorder aux mots. Ne pas peser sur ceux qu'on aime.

Il a quitté doucement la table, laissé Enzo et Irène à leur tranquille conversation. Avec le bruit des voix, il n'arrive plus à écouter ce qui fait route en lui. Il a été trop longtemps habitué au silence. Une évidence cherche à trouver place. Il lui faut être seul.

Dans sa nouvelle chambre, il s'assoit au bureau. Là, toujours posé au même endroit depuis tant d'années, le dictionnaire. Il se revoit l'emportant dans sa chambre quand il avait huit ou dix ans, et sa mère le cherchant. Elle lui avait acheté alors son premier dictionnaire. Rien que pour lui. Mais lui, c'était celui-là qu'il lui fallait. Celui du père. Il caresse la couverture usée. Irène avait redescendu le dictionnaire ici, dans le bureau inutile du père perdu. Ce soir, il laisse sa main ouvrir lentement les pages. Il a besoin du silence des mots écrits. L'évidence, elle est là. Il a besoin des mots. Lui qui a rapporté tant d'images qui laissent sans voix il lui faut des mots. Pour tenter de comprendre. Il a besoin de retrouver le sens à sa racine. Il lui faut retourner à l'étymologie pour se guider. Comprendre.

Comment passe-t-on du sauvage de toutes les enfances à la barbarie ? Quand franchit-on le seuil de l'inhumain ? Ceux qui ont tué violé massacré, par quoi leur pensée d'homme était-elle prise en otage ?

Il en a trop vu. Il ne peut plus ignorer.

Alors il songe à Jofranka. Elle qui a choisi d'être au cœur des mots pour faire front.

Cette nuit-là, quand Enzo est parti et qu'Irène est allée se coucher, quand tout est silencieux dans la maison, il l'appelle.

Dès que Jofranka a entendu la voix d'Étienne elle a su ce qu'il allait lui demander. Dans l'enfance il y a "Il faut" et c'est sans question inutile. Elle savait déjà qu'il fallait qu'elle quitte tout et qu'elle y aille, là-bas, au village. Il a dit Merci et elle s'est sentie étrangement le cœur à l'étroit. Comme si toute l'attention qu'elle avait mise à entendre ce qu'il ne disait pas l'avait réduite à n'être plus qu'une oreille. Il fallait reprendre son souffle. Avec Étienne c'était toujours comme ça. C'étaient les blancs entre les mots qu'il fallait savoir écouter. C'était déjà comme ça quand ils étaient petits.

La conversation avait été entrecoupée de silences qu'elle n'avait pas cherché à combler.

Maintenant elle ressent une fatigue qui l'enveloppe comme lorsqu'ils revenaient de leurs longues après-midi en forêt.

Elle va à la fenêtre. Son studio n'est pas grand. Quelques pas du bureau à la fenêtre mais une vue si large que la ville tout entière entre dans la petite pièce. Elle laisse son regard errer puis capter un détail ou un autre, une silhouette qu'elle suit un peu puis, dans la lumière d'un réverbère, ses yeux accrochent la valise que porte un homme comme si elle ne pesait rien au bout de son bras. Une valise de théâtre.

Qu'est-ce que tu ne me dis pas, Étienne. Bien sûr je vais venir. J'avais déjà prévu. On va se retrouver comme autrefois, tous les trois. C'est cela que tu veux. Mais aucune enfance ne peut combler. Tu as beau répéter Il y a l'enfance il y a le monde. L'enfance ne nous relie pas au monde quand le lien s'est défait.

Elle a fermé les yeux et laisse les bruits feutrés de la ville venir jusqu'à elle. Mais c'est la voix d'Étienne qui vibre encore dans sa tête, une voix qui a l'air de prendre appui sur chaque mot.

Elle repense au phrasé si déroutant parfois des femmes qu'elle écoute, dans son bureau. Les mots qui arrivent comme appelés par on ne sait quoi et qui brusquement s'arrêtent. L'effroi. Un silence de chaos. Et elle qui a appris à surtout ne pas essayer de remettre de l'ordre. C'est du chaos que reviendra la parole, si elle revient. C'est comme ça. Il a fallu apprendre.

Oh Étienne non l'enfance et le monde ne se rejoignent pas. Et personne n'y peut rien. On peut juste faire en sorte que vivre soit encore possible. Malgré tout. Avec les mots. C'est pauvre, les mots. Mais c'est tout ce qu'on a. Tu as dit que tu en avais besoin toi aussi. Mais avec toi je ne sais pas si je pourrai.

Elle se revoit quand ils revenaient tous les trois de leurs errances sur les collines, les deux garçons toujours côte à côte et elle, marchant devant. Aucun des trois ne parlait. Il fallait se remettre dans la vie du village, quitter leur monde sauvage, le seul où ils avaient envie de vivre. Elle, elle rentrait dans la famille qui l'avait accueillie. Et aucun des deux n'avait sans doute jamais pensé à quel point c'était difficile. Il fallait qu'elle parle à André et Maryse, le couple qui s'occupait d'elle. Il fallait qu'elle regarde la télévision avec eux et qu'elle s'intéresse. Elle voulait rester dans leur monde aussi. Elle les aimait bien. C'était si difficile. Ils étaient déjà vieux et quand ils sont morts, elle les a pleurés mais leur affection n'avait pas réussi à la faire entrer dans leur monde. C'est dans leur maison, enfant, qu'elle a appris à s'isoler dans sa tête et aujourd'hui elle a toujours besoin de cet isolement pour se retrouver.

La vie joue d'étranges tours. Elle, qui aurait tout donné pour rester avec les deux garçons à cette époque-là, a du mal aujourd'hui à s'imaginer les retrouvant. Elle n'a pas pu vivre avec Enzo. Et Étienne…

Jofranka ouvre son agenda. Dès l'annonce du retour d'Étienne, elle avait prévu une absence de quelques jours. Le blanc si rare dans cet agenda, elle l'avait scrupuleusement organisé. Alors quoi! elle savait bien qu'elle irait. Elle retourne à ses dossiers, Elle doit travailler encore, peine à retrouver son attention. C'est avec Étienne qu'elle est encore.

Elles sont comme toi Étienne les femmes qui viennent ici. La différence c'est que leur destin a basculé sans qu'elles y mettent la main. Elles se sont retrouvées au plus obscur de l'histoire. Elles ont été prises, arrachées à leurs vies. Comme toi. Elles ont vu ce qu'il ne faut pas voir, jamais, pour pouvoir être encore un humain parmi les humains. Maintenant elles sont rejetées sur la berge mais elles savent ce que c'est, l'humanité, quand elle touche l'autre bord. Elles ont vécu la mort à l'intérieur d'elles pour pouvoir survivre. Il a fallu qu'elles acceptent que quelque chose d'elles se taise et meure. Sinon aucune survie. Elles font toutes ça : pousser la vie à se rétracter à l'intérieur d'elles, le plus possible, pour traverser l'inhumain. La mort a pris son territoire, ne l'a plus lâché. Elles arrivent dans mon bureau et c'est cela qu'il faut rouvrir pour que le sang vif coule à nouveau. Je pense toujours aux Chinoises et à leurs pieds bandés. Quand on enlevait les bandes qui avaient torturé ces pieds, la torture recommençait. Le sang qui circule à nouveau fait mal. Oh Étienne j'ai parfois tellement envie de renoncer. Pourquoi je m'acharne ici pourquoi. Les femmes qui sortent de mon bureau elles savent l'air qui manque à l'intérieur de soi et la vie qui s'en va. Ce savoir-là, une fois qu'on l'a acquis, ça ne peut plus s'effacer. La vie a changé. Elles ne seront plus jamais les mêmes. J'ai peur Étienne, peur que ce soit pareil pour toi.

Jofranka regarde le bout de son index. Depuis longtemps la marque de la petite entaille a disparu.

Mais nous sommes fidèles. Tu as dit Il y a l'enfance et il y a le monde. Et nous sommes fidèles.

Elle s'allonge sur le lit étroit. Il n'y a place ici que pour un seul corps. À portée de sa main, sur la tablette de chevet qui semble tenir toute seule contre le mur clair, une photographie prise par Étienne il y a longtemps. Un arbre. Parfois elle embrasse l'arbre avant de s'endormir et c'est comme si elle embrassait toute l'enfance. Elle soupire, pense aux hommes qu'elle a pris dans ses bras depuis des années. Chaque étreinte a compté. Pour chacun, elle a été présente. Vraiment. Dans l'amour elle est toujours totalement présente, elle connaît cette joie et ceux qui l'approchent la partagent. Mais elle ne reste pas. Demeurer, elle ne peut pas. Est-ce qu'ignorer l'embrassement d'une mère voue à passer de bras en bras ? La vieille question revient, elle a beau la repousser d'un Psychanalyse de comptoir ! elle revient encore et encore. Elle ne peut faire de place à personne. Et Enzo le savait.

Pourquoi Étienne n'a-t-il pas ouvert la lettre de son Emma ? Il lui a parlé d'elle. Elle sait qu'elle a compté pour lui.

Qu'est-ce que tu ne dis pas, Étienne ? Est-ce qu'on est voué, tous les trois, à être des cœurs solitaires, unis et solitaires ?

Dans la nuit alors, Jofranka sort la flûte comme presque chaque soir et doucement, elle joue.
Le son issu de son propre souffle apprivoise les ombres.
Elle le laisse prendre source dans une part d'elle qu'elle connaît mal, et la porter.
C'est son corps tout entier qui crée la musique alors elle peut s'y oublier. Elle n'existe plus que par le souffle. Légère. Peu à peu elle disparaît, presque rien sur terre. Il n'y a plus de pensées plus de souvenirs plus de rêves elle a fermé les yeux se laisse emporter. Elle pense À pas de loup.

Loin, très loin de la chambre de Jofranka, une autre femme ne dort pas. Elle est nue, auprès d'un homme qui l'aime. Est-ce que cela suffit?

L'homme s'est endormi. Elle le regarde. Elle a toujours aimé le sommeil des hommes auprès d'elle. Dans le souffle des corps endormis, elle écoute. Parfois elle dépose un baiser sur l'épaule du dormeur ou au creux de ses reins. C'est sa façon d'aimer.

Étienne se réveillait toujours. Un homme sur le qui-vive. Elle n'osait plus. Alors elle posait ses lèvres en pensée sur son corps de la nuit, ne le touchait pas. Elle regardait sans fin cette peau qui s'était frottée à la peur à la détresse à l'horreur. La peau reste lisse. Sous la peau, le sang charrie les images. Il y avait chez elle un effroi.

C'est cet effroi qu'elle a fui?

L'horreur est contagieuse.

Elle a écrit Je suis lâche Étienne ou peut-être forte de la vie à laquelle je tiens tant. Toi, tu es un intermittent de la vie. Moi pas. Il aurait fallu que je puisse, comme toi, mettre tout de côté, à l'abri dans un coin de ma tête, de mon cœur, pour pouvoir vivre quand même. En t'attendant. Toujours en t'attendant. Je n'ai pas pu.

Auprès d'elle, l'homme a bougé un peu dans son sommeil. Elle veille les petits mouvements du dormeur avec une infinie tendresse. Mais son corps n'y est pas. Elle n'y arrive pas. Sa peau c'est à celle d'Étienne qu'elle s'est frottée. Elle n'en est pas revenue. L'homme qui dort auprès d'elle, c'est Franck, l'ami de ces dernières années. Elle se demande si tout cela ne va pas être un gâchis total.

Il a ouvert les yeux. Tu rumines ? Il a déjà son sourire un peu moqueur. Du bout des doigts il suit la courbe de son épaule, descend le long du bras, s'arrête. Une peau qui ne frémit pas, ça se sent. Tu veux que j'aille faire du café ? Il est déjà debout. Depuis des années il a appris à déceler chez ses élèves comme chez tous les gens qui l'intéressent, et Emma en premier, ces choses qui restent sous la peau, qui font les silences lourds ou les explosions soudaines si on n'y prend pas garde. Il quitte le lit et descend comme toujours à toute allure l'escalier étroit en colimaçon. La première fois qu'Emma est entrée dans sa petite maison, c'était il y a six ou sept ans. Ils venaient tous les deux de faire la prérentrée dans leur collège et ils s'étaient vite repérés. Les nouveaux venus dans une salle des profs, c'est comme dans la cour d'école, un peu perdus, souriants et isolés. C'est lui qui était venu vers elle. L'amitié entre Franck et Emma a commencé quand elle l'a vu se diriger droit sur elle, avec ce regard pétillant d'humour et le sourire qui va avec. Franck a toujours réussi à la faire rire, même dans les pires moments. Tout le monde en salle des profs les a plus ou moins considérés comme un couple, les étiquettes se collent vite. Ils s'attendaient pour repartir ensemble, allaient parfois déjeuner en tête à tête, ou se gardaient une place pour la cantine. Il n'en faut pas plus. Pourtant ils étaient des amis, un drôle de duo, le corps n'y avait pas la place qu'on croyait. Quand Étienne était arrivé dans la vie d'Emma, Franck avait accusé le coup. Lui, le couple, il y rêvait parfois tout en n'osant rien, mais quoi, un jour, qui sait… Il y a de ces amitiés tenaces entre les hommes et les femmes où les regards les pensées s'accordent si bien que l'un des deux peut penser Si on était amoureux… mais… aurait-il suffi d'un geste ? Il se l'est demandé maintes et maintes fois puis il a renoncé à refaire l'histoire dans sa tête. Il a vécu avec Emma ce qui était vivable.

Depuis quelque temps il y a l'amour des corps. Et il en est bouleversé.

Les gestes du café le matin lui font du bien. S'arrimer à ce qui est tangible. Ne pas essayer de décortiquer ce qui se passe. Le vivre, c'est tout. Ne pas se demander où ça mène. Il n'a plus vingt ans. Il sait que "où ça mène" n'a aucune réelle importance. La réelle importance, elle est dans ce qui se vit, jour après jour, nuit après nuit. Les chemins ne mènent nulle part. Ils sont des chemins, c'est tout. Il a appris.

Il sourit à l'odeur du café qui envahit la cuisine, jette un œil vers le ciel. Beau temps. Un temps à aller au bord de la mer.

Étienne est de retour. Et ça change tout.

Quand Emma s'est mise nue, chez lui, en plein après-midi il y a quelques semaines, il n'y a pas cru.

Il a failli les tirer tous les deux de cette situation par un mot d'humour. Mais l'émotion l'avait saisi avec une telle force qu'il en était pétrifié. Elle s'est approchée et lui a passé les bras autour du cou. Au contact de la peau d'Emma, le tumulte. La forge du sang. Les battements fous dans les tempes. Et soudain, sa main à lui qui se pose sur le dos d'Emma. Plus rien d'autre. Le corps d'Emma entre ses bras, c'est tout. Il a mesuré à quel point il l'avait attendue. Le premier pas, c'est elle qui l'avait fait. Il a juste eu le temps de penser C'est grave avant de se laisser complètement emporter par la vague immense qui venait de déferler dans sa vie dans son être tout entier. Il lui a fait l'amour avec passion. C'était ça qu'elle voulait. Mais elle.

Et depuis il recommence et recommence encore. Combien de temps pourra-t-il ?

Franck a ouvert la fenêtre en grand. Les "combien de temps" c'est comme les "où ça mène"… il s'attache à elle, oui, de façon folle, il le voit bien. Si elle lui retire son corps, sa peau, son odeur… Il penche la nuque en arrière, laisse son regard chercher le ciel Oh Étienne qu'est-ce que tu lui as fait, à cette femme, pour que je la sente toujours avec toi, collée à cette histoire où tu détruisais tout à chaque départ. Moi je l'ai consolée combien de fois pour qu'elle retourne un peu apaisée vers toi. Tu m'emmerdes Étienne avec ton héroïsme maintenant. Le retour du héros. Tu m'emmerdes. Et je voudrais pouvoir te le dire en face ! mais c'est ça le pire, je ne peux pas. Moi aussi je trouve que ce que tu faisais c'était "admirable". Forcément. Mais pas admirable, non, la façon dont tu laissais Emma s'enferrer dans une histoire où elle ne pouvait que souffrir, et se réjouir follement. Ah je l'ai vue les jours où tu revenais, impatiente, belle, belle à en crever parce que tout son désir pour toi la rendait extraordinairement désirable. Merde. Et souffrir à nouveau. Et de plus en plus fort. Oh le héros, tu ne voyais pas qu'elle en crevait, Emma ? Qu'est-ce que tu avais dans les yeux à part tes photos ?

La voix d'Emma est là, dans son dos À quoi tu penses ? Elle est descendue sans qu'il l'entende. Il tend la main sans se retourner. Elle y pose la sienne. Est-ce qu'elle sent la grande colère qui l'emporte ?

J'ai écrit à Étienne.

Le coup lui serre l'estomac.

Il laisse passer un temps puis s'entend demander Tu lui as dit pour nous ?

Non. Je lui ai dit pour moi. Tout ce que je n'ai pas réussi à dire quand il est parti…

Et tu attends quoi ?

Comment ça ?

Eh bien quand on écrit c'est qu'on attend quelque chose en réponse non ?

Elle se tait, appuie sa joue contre son dos. Non, je n'attends pas… Juste j'avais besoin de lui dire…

Il s'entend insister et se maudit de cette insistance Quand on envoie une lettre on attend toujours une réponse, non ?

Franck ne sait même plus si son cœur bat. C'est lui qui attend une réponse parce que quand on pose une question… il est suspendu, sur une crête. Il y a des moments où on ne peut plus revenir en arrière. On a parlé. C'est trop tard. Le péril est en route.

Emma l'oblige à se retourner. Il regarde au-dessus d'elle, loin.

Je ne sais pas Franck. Elle pose sa tête sur sa poitrine. Elle repense au jour où elle a osé parler à Étienne, à ses bras qui l'ont lâchée ce jour-là. Est-ce que lui aussi va baisser les bras parce qu'elle ose parler ?

Les bras de Franck viennent la serrer juste au-dessous des omoplates, contre lui.

Il murmure Tu ne sais pas alors… ne sachons pas…

Elle pose ses lèvres contre sa poitrine sans bouger.

Bon. C'est un temps à aller à la mer, non ?

Elle se serre plus fort contre lui. Oui.

Dans la maison d'Irène, c'est le silence. Étienne est parti pour une de ses promenades quotidiennes. Elle l'a vu préparer la bouteille d'eau le pain et le fromage. Il a pris le carnet qui ne le quitte plus maintenant. Ce sera une longue promenade. Ce matin, elle a été frappée par les gestes, rapides, efficaces. Toute la vivacité retrouvée. Cet affairement, elle l'a reconnu. Il n'y a pas de petits ou de grands départs. La joie de boucler son sac et de partir, c'est la même. Elle sait la reconnaître, elle qui ne quitte jamais le village.

Cela l'a ramenée loin dans le temps, quand elle assistait, les mains inutiles soudain, à d'autres préparatifs. Louis ne voulait pas d'aide. Cette fébrilité joyeuse dans ses gestes, comme elle l'a détestée. Son cœur à elle qui se serrait, le sien qui se dilatait. Oh sentir que quelqu'un est heureux de vous quitter, elle l'a vécu, oui, et s'en vouloir, en plus, de la rage qui la raidissait. Prendre ce sac, le vider là, devant lui et crier, une bonne fois, qu'elle n'en pouvait plus. Elle n'a jamais osé. Est-ce que cela aurait écarté la mort ?

Maintenant, elle peut très bien imaginer comment son fils se préparait pour ses départs lointains. Lui non plus ne s'encombre pas.

Ici, quand il prend de quoi manger, elle sait qu'il est inutile de lui demander quand il rentrera. Enzo l'avertira s'il reste pour la soirée ou pour la nuit chez lui. Enzo il est comme elle, de la race de ceux qui restent.

La vieille dame a besoin du jardin pour se défaire du cœur étroit. Des émotions de jeune fille dans le cœur d'une vieille dame, c'est un corset trop serré. Elle se penche vers les rosiers, s'efforce à ne plus laisser d'autres images l'envahir. S'en tenir aux pétales fragiles, à cette couleur laiteuse veinée de vert pâle, si rare. Son rosier préféré. Respirer lentement, sentir les parfums ténus, laisser le monde venir jusqu'à elle, doucement, à nouveau. Elle regarde le ciel et la cime des arbres, là-bas, plus loin, où Étienne marche… est-ce qu'il peut oublier?… elle aussi a marché dans les collines jusqu'à l'épuisement, quand elle a su que Louis ne reviendrait plus jamais. Parfois elle imaginait l'autre femme, celle qui l'avait pris aussi dans ses bras, qui avait écrit la lettre de l'attente. C'était un drôle de chemin pour ne pas l'oublier, lui. Elle avait peur de l'oublier. Il fallait qu'elle soit seule quand elle sentait que tout son corps le perdait. Et étrangement, c'est l'idée de l'autre femme qui le lui redonnait. Ne jamais renoncer à la mémoire c'était le garder vif. Elle marchait comme une folle, seule. Elle luttait contre elle-même, l'oubli, la vie. La vieille dame se rappelle.

Repousser d'autres images, loin.

Celles d'un homme, qui l'a attendue, elle, et qu'elle n'a pas su rejoindre. Pendant des mois, elle l'avait pourtant laissé la serrer contre lui quand il surgissait devant elle, dans les collines. Ce n'était pas un inconnu. La première fois qu'il avait ouvert les bras, sans un mot, elle avait attendu. Ils se connaissaient depuis si longtemps. Elle savait son désir. Maintenant il fallait qu'elle sache pour elle. Il était resté ainsi, les bras ouverts, combien de temps ? Elle ne sait plus comment elle avait avancé, un pas, un autre et les bras qui s'étaient refermés sur elle, enfin. Et combien de temps serrés l'un contre l'autre à entendre tout son sang battre contre sa poitrine, à oublier tout ce qui n'était pas cet homme, son odeur, la chaleur de son corps, non la mémoire ne lâche rien. Les mains dans la terre, elle songe. Est-ce que cela aurait changé la vie ?

La solitude, elle l'a apprivoisée lentement. La venue d'Étienne bouscule tout. C'est comme ça. On croit avoir trouvé la paix mais la vie est inventive. Elle revient déranger tout votre petit monde paisible. Et il faut bouger.

Irène s'est assise sur ce banc en bois qu'elle se refuse à repeindre, elle l'aime dans cet état, à moitié décapé, les traces de son ancienne couleur verte apparaissant par endroits. Louis lui avait dit qu'il venait d'une île de l'Atlantique, qu'il y tenait, qu'il le repeindrait. Il n'en a jamais eu le temps. Elle se sent comme ce banc. Sa couleur première, elle la perd lentement et aucune main ne viendra plus rien y changer.

Il y a en elle une part qui se refuse à bouger, elle l'a toujours su sans vouloir la connaître vraiment. Une part close. Et c'est cette part que le retour d'Étienne vient déranger. Le silence de son fils, ses souvenirs captifs, cette part de lui qu'aucune libération ne rend, a sur elle une puissance que rien ne peut arrêter. Elle sent le danger. Est-ce que pour Enzo c'est la même chose ? Le remuement est à l'œuvre. Du fond de la part ancienne, elle entend battre quelque chose de sourd. Ces battements-là la ramènent aux ailes de l'épervier et elle a peur.

Quand Louis partait, le plus dur pour elle c'était de parler. Comme si cet homme emportait avec lui toute sa capacité à converser.

Avec l'autre homme, celui qui avait su la prendre dans ses bras après, elle ne parlait pas et c'était un repos. Mais lui, il la voulait tout entière. Il n'était pas comme Louis. Louis n'avait jamais essayé de s'aventurer jusqu'à son cœur. Son aventure, ce n'était pas elle. C'était l'océan. Il laissait en elle une part intacte.

L'homme qui la voulait tout entière butait sur cette part, close, et s'enrageait. Lui voulait vraiment son cœur. Elle l'avait fait attendre et attendre encore. Il la voulait chez lui, heureuse et vivante. La part close au fond d'elle préférait le deuil. Un jour, il n'était plus venu dans les collines. Elle le croisait à nouveau dans les rues du village. Comme avant leurs étreintes. Il détournait son regard et elle se demandait si tout cela avait vraiment existé.

La mort a emporté aussi le silence de cet homme-là. Et la question avec lui. Est-ce qu'avec le temps elle l'aurait laissé approcher jusqu'au cœur d'elle-même ?

Irène secoue la tête. Le jardin ne lui vaut rien. Elle cueille un bouquet de roses et rentre dans la maison. Les fleurs dans l'eau de son vase préféré, elle s'installe au piano. A-t-elle vraiment aimé deux fois ?

Étienne touche dans sa poche la lettre d'Emma.
Il ne l'a pas jetée alors… ce sera pour la nuit.

Il y a des choses qu'on ne peut rencontrer que la nuit.

Aujourd'hui c'est le jour entre deux voix.
Il marche d'une voix à l'autre.

Dans l'ancien bureau de son père, longtemps après les derniers mots prononcés par Jofranka, allongé sur le canapé de velours vert, il n'avait pas trouvé le sommeil. Quand le silence dans toute la maison était peu à peu entré en lui, il était descendu au jardin. Couché contre la terre, il avait laissé le bruissement de la nuit se mêler à la voix de Jofranka. Il avait pu l'imaginer, elle, jouant seule dans la ville lointaine. Il avait revu la façon exacte qu'elle avait de sortir sa flûte de son étui, d'un geste vif, comme si elle ne pouvait plus attendre. Il s'était rejoué la partition de leur trio.

Il y a des nuits où se met en route quelque chose qu'aucune enfance ne résout.

Il avait pensé à sa mère, endormie là, tout près, dans la maison. Et il s'était dit, comme une évidence, que même elle ne pouvait plus rien pour lui maintenant. Il fallait qu'il soit à nouveau seul sur sa route.

Il a marché. Sans répit.

Sentir que la mécanique du corps répond maintenant bien mieux que lorsqu'il était arrivé. Combien de jours depuis qu'il était monté, les yeux bandés, dans cet avion ? Retrouver ses enjambées de marcheur dur à la fatigue. Respirer large. Prendre tout ce que les arbres peuvent donner, odeurs, écorce rugueuse sous la main qui rassure, ciel tamisé par les feuilles, nuages au bout des branches, lents. Un monde sans pensée.

La nuit passée était encore là, sur sa nuque.

Allongé contre la terre, les yeux ouverts sur le ciel noir, il avait senti la bascule du monde.

Il y a des nuits où tout l'espace de la mémoire se déploie.

Les territoires sont ouverts.

C'est cela qu'il avait fui pendant tout le temps de son enfermement. Il s'était tenu loin de lui-même. Il avait arrêté quelque chose du vivant. Suspendu. L'enfermement creuse les failles. Jusqu'où ? Maintenant il sait qu'il a eu peur de ça. Le mur face à lui peint par d'autres mains, homme ou femme, il y a si longtemps, ne pouvait finir que par lui renvoyer une question, la sienne depuis toujours, enfouie, opaque, imprononçable. Devenir fou, c'est laisser le mur face à soi se ruiner et connaître enfin la question. Est-ce que chacun de nous porte en lui sa question, la seule, celle qui résoudrait la vie ? Il avait résisté tout le temps de son confinement. Il avait tenu chaque pierre de la mémoire. Le mur face à lui était sa prison et sa sauvegarde.

Cette nuit, le dos contre la terre du jardin, le mur est tombé.

Maintenant, le dos appuyé contre l'écorce du grand arbre, il baisse les paupières. Le soleil a décliné. Il sent la lumière douce de l'ouest l'envelopper. Il aime le moment de cette lumière-là. Il se rappelle un soir lointain et cette lumière au bord de l'océan avec son père. Quel âge avait-il ? Sa main dans celle de son père et sous ses pieds nus, le sable, très doux, qui s'éboulait en grimpant la dune, les deux sensations mêlées. Cette douceur-là, si loin de la brûlure du sable du désert mêlée elle inextricablement aux cris au fracas à la mort.

Oh ne plus combattre.

Ce matin il a retrouvé les gestes du départ en faisant son sac, la fébrilité joyeuse. Mais il n'est pas parti au bout du monde, non. Le bout du monde, il est dans sa poitrine et sa seule mission, elle est là.

Lui revient cette phrase lue il ne sait plus où "C'est le temps de la neige rouge"… le temps du sang qui rougit chaque parcelle de la mémoire.

L'imagination cède. Restent les images enfouies, celles qu'aucun appareil photographique n'a fixées nulle part.

Il laisse le vent apporter les senteurs d'humus de la forêt.

Maintenant, il revoit.

Le visage de son père et dans son regard posé sur lui quelque chose d'une infinie tristesse. Et il sait que ce regard ne l'a jamais quitté. Jamais.

La silhouette menue de sa mère, qu'il guette de la fenêtre de sa chambre. Il a sept ou huit ans. Elle revient d'une de ses longues promenades dans les collines. Il ne reconnaît pas son visage quand elle en revient. Un jour où elle est partie plus longtemps, il remarque les genoux de sa mère maculés de terre. Elle suit son regard d'enfant, essuie la terre d'un geste vif et les petits grains sombres tombent sur le seuil de la maison. Elle a aussi de la terre et des aiguilles de pin dans les cheveux, qu'elle ne voit pas. La mémoire ignore le temps des horloges. Étienne a à nouveau sept ou huit ans. Alors, les yeux fermés, il fait ce qu'il n'a jamais osé. Il imagine, ramasse chaque grain tombé des genoux de la mère. C'est la terre noire qu'on trouve sous les aiguilles des pins. La terre noire colle à la peau et il sait que sa mère ne s'agenouille devant aucun dieu. Il lève les yeux vers le front de sa mère et il voit une inconnue.

Faut-il accepter qu'il n'y ait aucun refuge?

Étienne ne lutte plus. Il revoit.

Le baiser d'Enzo et Jofranka.

C'est à la tombée du jour, dans cette même lumière de l'ouest. Ils sont sous l'arbre où il vient de s'asseoir. L'arbre du pacte. Ils l'attendent. Non, ils ne l'attendent plus, ils s'embrassent et son cœur à lui, d'un coup, une pierre dans sa poitrine. Il a treize ans. Il voit la fin de ce qui lui avait tenu lieu de tout. Il est seul. Comme l'est toujours celui qui voit deux êtres qui s'embrassent. Ce jour-là, il a voulu le bout du monde. Ne plus les voir, eux deux, jamais. Toute la confiance arrachée. Racines à l'air. Le souffle court. La violence immense en lui.

Il a eu peur.

Il n'a plus jamais cessé d'avoir peur de cette violence-là, en lui.

La nuit peut tomber maintenant.

Il y a des moments où on comprend soudain toute son histoire, son histoire brinquebalante. Se révèle d'un coup la trame de ce qui nous a faits. Aucune transcendance ne vient nous élever. On mesure qu'on est juste tout entier contenu dans son histoire. Et c'est tout. On n'est pas forcément prêt à cette clarté-là. Mais elle advient, portée par les jours obscurs. Par la réflexion humble à laquelle nous nous sommes soumis au fil des ans. Nous avons été des êtres de bonne volonté. Il n'y a pas de paix sur la terre pour les êtres de bonne volonté quand les épiphanies aveuglent. Il faut à nouveau baisser la paupière sur les jours. Sinon.

Alors on fait avec, comme on dit, humblement.

Avec. Ce n'est pas grâce à. C'est avec, c'est tout. Notre histoire comme un chien errant qui nous choisit le temps de quelques pas avant de retourner à l'obscur de l'errance. On a à peine eu le temps de sentir qu'on était accompagné. On est à nouveau seul. Et on marche.

Étienne sait qu'il n'a jamais cessé d'errer.

L'enlèvement, l'enfermement l'ont mené face au mur. Cette nuit, le mur s'est effondré.

Étienne revoit.

Les yeux des combattants qui l'ont gardé prisonnier. L'éclat dans les prunelles de ceux qui croient et donnent hardiment leur vie et celles des autres.

Le regard las de l'homme de l'avion. Où est-il aujourd'hui ? Mort ou vivant. Et à nouveau la question : Lui et cet homme, sont-ils des semblables ?

Étienne s'est levé. Avant de redescendre vers le village il passe lentement la main sur le tronc de l'arbre.

Aucun pacte ne tient.

Cette nuit-là, il lit la lettre d'Emma qui a pris les plis imprimés par ses doigts, au fond de sa poche.

Les mots d'Emma n'éclairent pas.

Elle écrit pour elle. Pas à lui.

Les mondes ne s'ouvrent pas. On a beau écrire soigneusement le nom et l'adresse sur l'enveloppe, les mondes ne s'ouvrent pas. Il y a cru pourtant avec elle. Les terribles paroles d'Emma contre sa poitrine avaient tout balayé. Elle l'avait ramené à la sordide attente. Il aurait voulu lui crier Je ne veux pas être celui qu'on attend! jamais tu m'entends? jamais! Il n'avait pas pu. Elle ne pouvait pas comprendre et lui, il ne pouvait plus la tenir dans ses bras. Être attendu comme ça, c'était devenir un fantôme. C'était être déjà mort. Comment expliquer ça à quelqu'un qui vous aime?

Non, elle a beau expliquer et expliquer, les mots d'Emma n'éclairent pas.

Il a besoin de poser son front contre la nuit.

Alors monte en lui une prière. Lui, il n'a jamais prié vraiment. Sa mère l'a éloigné de toute église d'un haussement dur d'épaules. Fille d'une lignée de bouffe-curés comme elle a toujours dit en riant. Il a connu le fugace élan que tous connaissent au milieu des combats quand soudain rien ne peut plus sauver qu'une grâce supérieure, on ne sait quoi, une étoile, et qu'il faut bien s'arrimer à quelque chose. Alors oui, dans ces moments-là, il y a eu la prière de qui veut s'en sortir vivant. Le nom de dieu mêlé au fracas des balles ou des obus qui tombent, aux cris et au blanc dans la tête. Drôle d'oraison.

Cette nuit, c'est différent. Il y a des mots qui viennent. Ce sont les mots humbles de qui se sait humain et frère des humains, quels qu'ils soient, si monstrueux soient-ils. Ce sont des mots pour l'homme au visage las aussi sous sa cagoule et tous ceux qui croient comme des fous. Jusqu'à mener les autres à la mort. Des mots pour tous ceux qui crient dans cette nuit et qu'il n'entend pas parce qu'il a la chance d'être ici, protégé, des mots pour ses camarades encore enfermés, morts peut-être, pour ceux qu'on torture comme pour ceux qui les torturent. Cette nuit il fait à nouveau partie du monde, de ce monde puant la charogne où l'amour souffle quand même, ténu, tenace, dans des poitrines ignorées.

Et il pleure.

Faut-il qu'il y retourne ? Est-ce que sa vie, c'est cela ? Continuer à être celui qui porte témoignage, encore et encore, même si ses images sont pour le désert et qu'il crève un jour, comme un chien, seul au milieu de gens parlant une langue qu'il ne comprendra pas. Il fait partie du monde tel qu'il est, pas le monde rêvé de ceux qui croient aux révolutions aux guerres salvatrices. Non, il a compris que les combattants sont toujours des objets. Comme lui a été un objet d'échange. Ça, maintenant, c'est indélébile. Tatoué à l'intérieur. La vie n'est sacrée pour personne dans les guerres. On parlera toujours du nombre des tués. Tant qu'on n'a pas vu leurs visages, on ne sait rien.

Et lui, il est là pour ça.

Il continuera à regarder les visages.

La vie ne vaut que comme ça.

Cette nuit, Étienne cesse de combattre.

Les mots qui sont là, en lui, sont simples. Ce sont les mots d'un homme qui sait qu'il n'est rien sans les autres, tous les autres. Alors vient l'étrange prière

Vous tous, du bout du monde et d'ici, vous tous qui m'avez fait ce que je suis, donnez-moi juste la force de continuer.

À l'aube de cette nuit, dans une autre partie du monde, un vieil homme est arraché à son lit. Il a à peine le temps de crier "Elfadine" que la porte de son appartement est enfoncée par des coups furieux. On le traîne au milieu du salon. On brise le verre fragile qui protégeait les visages aimés dans les cadres, on saccage. Statuettes tableaux tapis rien ne résiste long-temps au déchaînement. Le vieil homme tombe à genoux. Maintenant on s'attaque au piano. À coups de hache à coups de crosse. Le piano rend des sons sourds. Quand le vieil homme se bouche les oreilles, le coup de crosse derrière la tête l'aveugle. Lui ne fait pas un bruit en s'affaissant.

Ils sont partis. La servante, cachée au premier cri de l'homme, apparaît. Elle lui relève doucement la tête. Ils l'ont laissé pour mort mais sa poitrine se soulève, lentement. Il l'appelle encore dans un mur-mure Elfadine. Il a le regard égaré des rescapés de catastrophe. Ici, ni tsunami ni tremblement de terre. Juste la haine des hommes.

Emportant quelques photographies échappées au désastre, les visages piétinés comme empreints de profondes cicatrices, ils fuiront, elle le soute-nant. Où?

Dans cette même aube, Enzo regarde le ciel. Il va voler aujourd'hui. Haut. Loin. Il a ressenti toute la nuit le besoin de partir.

Tu es parti voir le monde, Étienne. On a voyagé chacun à notre façon. J'ai pris le vertical, avec les trouées d'air et les à-pics. Toi l'horizontal, d'un bout de la terre à l'autre. Aujourd'hui je me demande ce que c'était, notre envie de partir. À tous les deux. Quand tu viens ici et que ton regard se perd, je me demande ce que nous avons toujours cherché à atteindre, moi en allant plus haut, toi plus loin. J'ai eu le temps d'y penser en t'attendant. Ton confinement. Le mien.

Dans la tête d'Enzo les mots viennent tout seuls. Il a sorti le violoncelle. Il joue lentement. Il espère que là-bas dans la maison d'Irène, Étienne trouve un sommeil paisible. Alors il pense à Jofranka. Il la revoit enfant marchant devant eux deux, toujours devant, et eux parlant, la regardant, parlant encore, puis se taisant. Toujours ce silence avant d'entrer dans le village. De se séparer. Lui, il essayait d'imaginer la vie de Jofranka dans la maison où elle avait été recueillie. Elle n'en parlait pas. Même après, quand ils ont été amants, elle ne lui en a pas parlé. Tout ce qu'il sait c'est qu'elle leur enviait leur chambre, rien qu'à eux. Maintenant elle a la sienne. Il l'a regardée dormir, ici, dans leur chambre. La seule image d'elle dormant, elle est ici. Rien que la mémoire. Pas d'imagination depuis. Elle, dormant ailleurs, à Paris ou à La Haye ou dans le monde où elle voyage tant, il ne le conçoit pas et il sait que cette incapacité à l'imaginer le sauve.

Les mots sont libres dans sa tête. Il les joue doucement.

Dormez, dormez encore, c'est juste l'aube, moi je veille. Pour chacun de vous. Pour nos enfances. Pour la part à l'intérieur de nous que nous n'atteignons jamais. Notre part d'otage.

À La Haye, dans une petite chambre, près d'un lit d'enfant, on a installé un lit de fortune. Le couple de médecins qui accueillent ceux qui acceptent de témoigner fait partie d'une association avec qui Jofranka travaille bien.

Une femme venue d'un pays lointain et dévasté écoute la respiration de la petite fille de la famille endormie près d'elle. Elle essaie de calquer sa propre respiration sur celle de l'enfant, pour trouver le repos, n'y parvient pas. Elle repense au temps où ils dormaient tous dans la même pièce, tous les enfants. Elle aimait le bruissement léger des respirations. La mère et le père dormaient dans la pièce à côté sur un matelas. Dans la journée la pièce redevenait le lieu commun où ils se retrouvaient pour manger, vaquer aux petites occupations des jours autour de la mère. Le matelas était relevé, contre le mur, recouvert d'un tissu aux couleurs qu'elle aimait regarder. Parfois elle caressait les couleurs vives de la main et la mère grondait. Ses mains cette nuit sont posées à plat sur son ventre. Elle aussi a attendu un enfant. Les coups reçus et le reste, tout le reste, tout ce qu'elle a raconté à l'avocate qui l'écoutait dans le bureau de cette ville inconnue, tout cela a eu raison de la vie qui essayait de venir en elle. Elle n'a plus de larmes. Elle a tout dit à cette femme. Les humiliations les tortures pour rien. Juste parce que les miliciens pouvaient tout se permettre. Tout. Ils l'avaient prise et enfermée avec d'autres. Elle a vu mourir sous ses yeux sa petite sœur, sa mère. Le petit frère frondeur a été torturé, loin d'elle et il est mort seul. Elle, a eu la vie sauve. Pourquoi ? la terrible question la tient parfois éveillée des nuits entières. Pourquoi elle rescapée ?

L'avocate lui a dit qu'il ne fallait pas chercher, qu'il n'y avait pas de raison. Dans les guerres et les atrocités il n'y a pas de raison.

Alors comment vivre après ? Comment, sans réponse. L'avocate lui a dit que parler, oser témoigner contre ceux qui avaient commis ces actes barbares, c'était important pour d'autres, mais pour elle aussi. L'avocate avait le regard de ceux qui entendent tout et qui ne bercent personne d'illusion. C'était ce même regard, le médecin qui l'avait soignée quand elle avait été recueillie, libérée. Ce sont les seuls regards auxquels elle se fie désormais.

Elle, elle a tout dit de son calvaire. Sauf ça. La main sur le ventre. Son secret. C'est sa façon de garder une place à l'enfant qui n'a pas pu venir au monde. Quand même.

Au bord de l'océan, l'aube a réveillé un homme. Il est allongé auprès de la femme qu'il aime. Emma dort paisiblement. Franck est taraudé par le contenu de la lettre qu'elle a envoyée à Étienne. Il repousse de toutes ses forces les pensées terribles. Cette nuit elle lui a fait l'amour pour la première fois. Depuis qu'ils sont amants c'est toujours lui qui l'a attirée contre lui, caressée. Cette nuit, l'a-t-elle senti, il n'en avait plus la force. C'est elle qui lui a déboutonné sa chemise quand ils sont rentrés dans la chambre d'hôtel. C'est elle qui lui a caressé lentement la poitrine puis a posé ses lèvres, douces si douces, sur chaque parcelle de sa peau. Il abandonnait sa main dans ses cheveux, sur ses épaules. Il entendait les paroles des promeneurs qui passaient sur la jetée sans en saisir le sens, le bruit des vagues et Emma, là, présente comme elle ne l'a jamais été. Il a fermé les yeux. Qu'importe la suite ! il aura vécu ce moment. Il y a dans la vie des offrandes inattendues. Franck a senti toute la force de son amour pour elle cette nuit. Et il a répondu.

Dans cette aube après le sommeil bienheureux, il ne peut s'empêcher de penser à Étienne, à la lettre. Il a sous les yeux les images de son retour et il ne peut se défaire d'un sentiment de culpabilité imbécile. Depuis cette nuit, Emma est à lui. Il n'a rien volé à Étienne pendant qu'il était enfermé. Il s'est contenté de l'aimer, de continuer à l'aimer comme il l'aimait déjà, sans l'avouer, depuis si longtemps. Cette nuit il y a eu une réponse.

Le mot réponse est en lui, lui gonfle la poitrine. Il n'y a rien de plus magnifique qu'une réponse inespérée. Et si c'était sa façon de lui dire adieu ? que sait-il vraiment d'elle ? cette part qu'il n'atteint pas, qu'il sent. Cette nuit, elle s'est ouverte. Est-ce qu'elle peut tout refermer et aller retrouver Étienne ?

Franck s'habille doucement. Il sort. Il a besoin de quelque chose de plus vaste que lui pour l'aider, pour être à la seule joie d'aimer cette femme et d'en être aimé comme il l'a senti cette nuit. Il marche au bord de l'océan. Dans la clarté qui vient, il a besoin soudain de l'eau sur sa peau. Il quitte le sable, la fraîcheur le saisit mais il continue. Dans la lumière fragile du matin, il nage, seul.

Loin, très loin de là, le soleil commence déjà à chauffer la terre aride. À l'arrière d'un camion un homme entravé est brinquebalé. Ce matin, on l'a tiré de la cache où il était retenu prisonnier. Ils ont fait la même chose pour Sander, son compagnon, il y a déjà longtemps maintenant. Il ne sait pas ce que le jeune Néerlandais est devenu. Roderick sent derrière le bandeau qui lui cache les yeux la lumière éclatante du jour. Le tissu du bandeau a dû appartenir à une femme, il est imprégné d'une odeur suave. Il ne se lasse pas de respirer ce parfum. Une bouffée de vie. Quand la peur lui broie les entrailles il s'accroche à l'exhalaison très douce. Il voudrait entendre d'autres sons que le bruit du moteur, assourdissant. Il se demande s'il y a des oiseaux dans le ciel. Il se demande où on a emmené Sander enlevé en même temps que lui. Il a appris qu'Étienne avait été libéré. On lui a dit. Pourquoi ?
Il évite de se demander où on l'emmène, lui.
Ici, il n'est plus rien.
Soudain, il est projeté vers l'avant. Le camion vient de s'arrêter. Il entend des voix. Il y a des femmes,

des enfants. Il est dans un village? Son cœur bat fort. Entendre les femmes et les enfants c'est à nouveau la vie.

On le fait descendre, il est poussé dans la pénombre. Il a franchi le seuil d'une maison. On lui dit, dans un anglais bref, qu'ici il y a une vieille dont le fils a été tué au combat. Il répète comme il l'a fait tant de fois que lui est journaliste. Pas d'armes. Pas de combat. On ne le laisse pas finir. On lui dit qu'il va rester ici cette nuit. Personne ne viendra le chercher chez la vieille et elle, elle ne le laissera jamais partir. Il sent une main lui agripper le bras et des mots qu'il ne comprend pas. La voix est rauque, murmurante c'est une voix qui pose une question, les mots sont les mêmes répétés. Un homme lui dit Elle demande pourquoi son fils? Pourquoi?

Il crie Dites lui que je n'y suis pour rien. Dites-lui que je n'ai jamais eu d'armes. Dites-lui!

La porte se referme. Il est seul avec la vieille femme dans la maison? Ils ne feraient pas ça. C'est un piège? Avant de partir on l'a poussé dans une pièce. Il n'est plus dans un réduit. Il sent l'air autour de lui. Il y a une fenêtre ici. On ne lui enlève pas le bandeau. On ne lui libère ni les mains ni les pieds. Il a buté contre un meuble. Il tombe sur un lit bas. Est-ce que c'est la chambre du fils? Il a horreur de ce lit. Il voudrait se relever aussitôt, trébuche.

Il entend la vieille pleurer derrière la porte.

Pourquoi tout ça? Il s'est recroquevillé, essaie de retrouver un espace protégé à l'intérieur de lui, loin de tout.

Les pleurs de la vieille femme sont assourdis. Peu à peu, étrangement le chagrin de cette mère le rassure. C'est quelque chose d'humain. Qu'il comprend.

Et si elle, elle le tuait dans son sommeil, au moins il comprendrait… il ferme les yeux… il se promet que s'il en réchappe il ne reviendra plus jamais dans les combats, plus jamais.

Étienne s'est levé très tôt, il est sorti dans le jardin voir le soleil se lever. L'envie d'être neuf dans le jour neuf. C'est lui qui a préparé le café. Quand Irène s'installe à la table de la cuisine, il la regarde. Il y a des moments dans la vie où on a l'impression de voir quelqu'un comme si c'était la première fois. Même si on se connaît depuis toujours. Ce sont des moments de regard neuf. Irène porte un vêtement d'un bleu tendre qu'il lui a ramené de voyage il y a longtemps. Elle dit "Bleu de Londres" en souvenir et lui avait entendu la première fois Bleu de l'ombre.

Ce matin, il la regarde et il est ramené d'un coup à une madone devant laquelle il s'était arrêté au milieu de combats, pris par son infinie douceur. Une madone encastrée dans le mur d'une ruelle, peinte sans doute par une main naïve, qui continuait à pencher doucement la tête devant les hommes en embuscade. Elle était profondément humaine. Peut-être le peintre avait-il pris une femme de son entourage comme modèle. Elle avait tellement l'air de pouvoir tout comprendre. Tout. Il sert le café avec soin. Sa mère a encore quelque chose du sommeil dans le regard. Il voudrait balayer toutes les heures d'angoisse qu'il lui a fait vivre. C'est injuste. Elle qui ne demande que la paix… Il l'embrasse. Sent-elle tout cela ? Elle lui sourit, pose sa main sur ses cheveux. Depuis qu'il est de retour les mots, elle en a peur, c'est dans son cœur qu'elle s'adresse à lui. Mon fils, le gris dans tes cheveux maintenant l'emporte complètement sur le noir, toi aussi tu vas devenir vieux un jour… c'est tellement étrange pour une mère…

Il est pris dans son silence très doux. Elle boit tranquillement son café, son regard comme toujours va vers la fenêtre, le ciel puis revient vers lui Tu as passé une bonne nuit ?

C'est la première fois qu'elle ose lui poser cette question, peut-être parce qu'elle aussi sent quelque chose de différent sur son visage.

Il répond J'ai appelé Jofranka et le visage d'Irène soudain change. Son regard sur lui est aigu comme lorsqu'elle guettait l'épervier. Où l'épervier maintenant ?

Il poursuit doucement J'ai besoin qu'elle me parle de ce qu'elle fait, elle, là-bas. C'est important pour moi. Il continue et il sent qu'elle ne l'écoute pas vraiment. L'alarme est revenue.

Il y a l'enfance il y a le monde. Ces mots, à nouveau, qui occupent toute sa tête à lui. Il s'y accroche. Il y a l'enfance il y a le monde et lui… lui ?

Quand il la regarde à nouveau, elle ne détourne pas les yeux. Il ne peut pas lire à l'intérieur d'elle les paroles qu'elle retient Est-ce que tu mesures que tu viens de faire entrer dans la maison ce contre quoi, moi, j'ai lutté ici de toutes mes forces. Jour après jour. Toute seule. Toute seule toujours.

La paix laiteuse du matin se fissure. Elle se lève et va à la cuisine chercher du sucre, du miel…

n'importe quoi pour que tu ne voies pas mon désarroi. Parce que je ne veux pas, en plus, ajouter ça à ce que tu vis ; parce que je ne sais plus comment faire. Oh mon dieu calmer ce qui menace de tout diffracter à l'intérieur. Les bombes c'est ça ?

Elle a emporté sa tasse sans même y prendre garde, la pose à moitié pleine, dans l'évier.

Étienne ne peut s'empêcher d'éprouver à nouveau la vieille culpabilité, celle qui l'empêchait de rendre visite à sa mère entre deux missions. Le sale goût fétide de honte et de rage mêlées. Parfois il ne disait même pas où il allait ou mentait sur sa destination pour lui éviter l'angoisse. Pour s'éviter à lui d'être submergé comme lorsqu'il était enfant par cette vague qu'elle pensait lui cacher et qui l'engloutissait, lui et tous ses rêves. Il n'avait pas besoin de ça ! Il aimerait pouvoir lancer Bon sang mais c'est ma vie. Ma vie à moi, quoi ! Ce n'est pas parce que tu as tremblé pour mon père qu'il faut que moi je reste là, à te rassurer ! Il est injuste et il le sait mais c'est quelque chose de plus lointain qui le met en rage ce matin.

C'est en lui. Ça a toujours été en lui. Bien avant que des hommes l'enlèvent sur son bord de trottoir. Captif déjà quand il regardait le visage de son père près du sien devant le miroir de sa chambre. Enfermé dans la ressemblance. Le regard de sa mère d'abord l'avait tenu là, sans qu'elle y prenne garde.

Oh le regard des mères est puissant. Étienne s'est levé. Il ne va pas la rejoindre, ne peut pas. Lui aussi laisse les mots aller leur train silencieusement à l'intérieur de sa poitrine. J'ai appris jeune à repérer quand c'était lui que tu voyais à travers moi. Je lui ressemble tant, hein ! Et j'ai été fier, oui fier de te faire, par ma seule présence, cette offrande. C'est plus tard que j'ai senti l'enfermement. Assigné à l'identique. Il était trop tard pour changer les choses, je ne savais plus comment faire, j'étais pris. Et j'ai fui. Oui j'ai fui.

Le baiser d'Enzo et Jofranka n'a fait que me pousser dehors, loin de tout ce cocon où moi, de toute façon, je ne trouvais pas ma vraie place.

La voix d'Irène s'élève, calme, de la cuisine Enzo est au courant?

Il ne répond pas.

Elle est revenue. Elle tient à nouveau sa tasse dans la main et boit le café. Quelque chose de l'équilibre fragile a vacillé, mais elle, elle se tient droite, le menton un peu levé. La douceur ferme à nouveau dans chaque vertèbre, c'est sa force. C'est la douceur qui tient la colonne, de si loin la douceur apprivoisée.

Oui, elle s'était faite au rythme nouveau d'Étienne, à ces longues promenades, à ces silences. Elle l'avait là, pour elle. Et le monde pouvait bien continuer à être à feu et à sang. Son fils était à l'abri. Personne ne lui ferait de mal. Elle aimait aider la vie à revenir. Par les petites choses. Elle, ça a toujours été les petites choses. La passion, les grandes envolées, les cris et les larmes, elle laisse ça à d'autres. Elle, tout est à l'intérieur. Tout ce qui l'a toujours fait vibrer est là, dans son cœur et son cœur, il est vaste. Oui elle en a abrité des passions. Qui le sait?

Et depuis des jours et des nuits, elle a veillé, sans en avoir l'air, sur tout ce qui entourait son fils, le protégeant. Mais voilà. À nouveau il lui faut autre chose. Oh le monde est puissant, qui appelle.

Elle se dit Enzo et moi, on ne suffit pas. On ne suffit plus. Si je n'y prends garde, la vieille rage remonte, si puissante encore. La paix ne leur suffira jamais, à ces deux-là. Le monde ferme et tranquille ne leur suffira jamais. Ils ont besoin de la guerre et du malheur qui empêchent de se poser, toujours, toujours! Ça ne finira jamais!

Tu as dit quelque chose?
Ça me fera plaisir de la revoir, Jofranka, elle vient si peu.
Il a ouvert la porte du jardin, se tient sur le seuil.
Elle regarde son dos qui se découpe dans l'embrasure.
Il se retourne Maman est-ce que tu as emporté les journaux? tu sais, les journaux chez moi…
Il faut un temps à Irène pour réaliser la question.
Ah!… oui, je les ai fait expédier par le concierge avec le reste des affaires que tu voulais. Tout est là, dans la pièce de derrière.

Le monde est là.
Elle n'a jamais aimé les traces noires que laisse sur les mains l'encre du papier journal.

Depuis ce matin-là Étienne s'enferme tous les jours après le café du matin. Avant l'arrivée de Jofranka, il veut se remettre au courant. Et il lui faut les pages des journaux, pas juste un écran. Il a besoin de sentir le papier, ça le rassure et donne corps à ce qu'il lit.

La venue de Jofranka, c'est le déclencheur mais le besoin est impérieux, profond. Il a besoin de savoir tout ce qui s'est passé sur terre pendant que lui était enfermé. Il faut qu'il rattrape les jours perdus, qu'il reconstitue le monde. Jour par jour. Est-ce que cela peut effacer l'enfermement ? est-ce que cela peut le rendre vivant au milieu des autres.

C'est une fièvre nouvelle qui l'a pris et Irène regrette de n'avoir pas lu avant lui, de ne pas avoir fait le tri. Elle lutte, s'efforce de calmer le monde d'ici, le monde ferme et tranquille de la maison, du village, des habitudes paisibles. Le monde paisible est un monde qui se répète. Familier. L'inquiétude est revenue. Le temps va être secoué. Étienne a toujours eu besoin de l'étranger. Elle pense à la petite Jofranka qu'elle a prise aussi dans ses bras, la petite qui vient de loin, c'est toujours ce qu'on a dit d'elle.

Qui vient de loin. On ne saura jamais d'où. Et qui s'occupe des femmes qui viennent sans doute d'encore plus loin. Elle sait que Jofranka et Étienne ont en partage un territoire toujours mouvant, celui du monde, loin. Est-ce que les pères voyageurs transmettent le besoin de l'ailleurs ? Le monde… le monde est si fou et son fils encore si vulnérable… Elle appuie les doigts contre sa paupière gauche qui cligne malgré elle, essaie de calmer le battement répété. La tourmente qui l'a saisie tout entière est là, en réduction. Oh mon fils tu ne sauras jamais tout ce qui a étreint mon cœur. Les fils ne savent pas ce que vivent les mères. J'ai vécu en fonction de toi en croyant être libre. Je ne voyais pas que c'était toi qui avais pris toute la place. Et il n'y a pas à t'en vouloir. C'est comme ça que les mères font. Elles laissent le fils prendre peu à peu toute la place et elles deviennent d'étranges et absolues servantes.

Tant pis pour la paupière qui bat, elle laisse tout en plan, s'essuie les mains au tablier d'un geste machinal et va au piano. Et tant pis si la musique dérange Étienne. La musique, la beauté, c'est aussi le monde après tout. Et il ne faut pas qu'il l'oublie

C'est sa façon à elle de lutter contre ce qui menace…

C'est tout ce que je peux faire maintenant mon fils. Tu as choisi qui tu voulais voir. Tu fais venir Jofranka. Vous deux vous avez choisi de tremper dans le chaos du monde. Enzo et moi on a choisi la paix. Ni militants ni combattants, engagés dans rien. Juste des gens dans un village, qui vivent. Je ne suis pas une combattante mais je fais ce que je peux pour que la beauté arrive au monde. Alors je le fais et du mieux que je peux.

Irène joue.

Étienne se plonge dans le monde.

Il entend la musique de sa mère. Il lève la tête, ne reconnaît pas ce qu'elle joue. Il l'écoute. Peu à peu il laisse la musique accompagner ces gestes. Il continue à lire mais quelque chose dans ses gestes, dans sa tête, s'est ralenti. À un moment, il reconnaît ce qu'il a lui aussi joué. C'est la partition du trio.

Il en reconnaît chaque note.

Il ignorait qu'Irène le jouait, elle aussi.

L'entendre sans la flûte ni le violoncelle, c'est entendre de l'absence. Il ne sait plus si c'est celle de Jofranka d'Enzo ou la sienne. Sa mère joue et l'absence n'a plus de visage.

Encore quelques jours et Jofranka va arriver. Étienne l'attend.

Quand il était reclus, il aurait tout donné pour vivre la paix qu'il vit aujourd'hui. Cela fait combien de temps ? Il a parfois du mal à lire ce qu'il a sous les yeux. Reviennent le visage de la femme au bord du trottoir et les pas affolés des enfants sous ses yeux. Alors il ferme les paupières et si sa mère joue, il laisse la musique l'emporter.

Quand il se remet au travail, c'est avec méthode. Il découpe des articles. Il annote. Oui il est au travail à nouveau et c'est dans le malheur du monde qu'il puise. C'est comme ça qu'il est à l'œuvre. On ne peut pas rester les mains propres devant le monde. Si on œuvre, où qu'on soit, on se salit les mains. C'est comme ça. Il a accepté. Être vivant être au monde c'est ça. Les contemplatifs peuvent rester, loin, ailleurs, dans un monde que le chaos n'atteint pas. Lui il ne peut pas. C'est au cœur des choses vivantes, dans le désarroi, la colère, les bouffées de joie ou d'impuissance qu'il trouve le carburant qui le fait vivre. C'est comme ça.

Et tant pis pour qui ne peut l'accompagner.

Le souvenir d'Emma est encore vivace. Sa peau son odeur viennent parfois le visiter dans les rêves. Ces nuits-là il a besoin de sortir pour respirer. Sa poitrine se serre. Cette femme l'a aimé. Vraiment. Il le sait. Il y a cru. Et pourtant.

Il retrouve le vieil instinct qui lui fait repousser toute image. Comme lorsqu'il était en mission et qu'il savait bien que les souvenirs affaiblissent.

Alors il pense à Enzo. Comment a-t-il fait pour vivre sans Jofranka ?

Une nuit, il part le retrouver. Pour rapprocher les peines.

Son ami ne dormait pas plus que lui.

L'un des deux a dit C'est la lune ? et ils ont ri parce qu'au village, lorsqu'ils étaient enfants, il y avait toujours quelqu'un pour dire C'est la lune quand quelque chose ne tournait pas rond. La lune avait bon dos. Enzo est allé chercher du vin.

C'est une nuit qui n'est pas pour le sommeil.

Enzo sait que Jofranka va venir et aucun des deux n'en parle. Alors le silence. Ils boivent. Cette nuit-là Enzo ne sort pas le violoncelle. Non, aucun refuge possible dans la musique. Ce qui se tisse entre eux est plus obscur. Il y en a en eux deux un territoire partagé depuis longtemps, un territoire brumeux, ni l'un ni l'autre ne peuvent trouver de paroles pour l'approcher. Ce qui les unit envers et contre tout perdure ils ne savent comment. Leurs vies sont si différentes. Si différentes leurs aspirations. Et pourtant. L'un des deux demande Tu crois au bonheur, toi ? L'autre répond Je crois en ce qui rend vivant… le reste, le bonheur et tout ça… je ne sais pas…

Puis l'un des deux dit encore Il n'y a que la vie et l'autre comme en écho murmure Que la vie ? la voix dans la nuit interroge.

C'est une étrange nuit. Autour d'eux le silence et le vin tissent leur brume familière. Mais cette nuit, elle est plus dense. Où sont-ils ? les pensées et les souvenirs se déploient et se mêlent. La nuit avance et les enveloppe. Plus aucun des deux ne parle depuis longtemps. Parfois un soupir. Aucun des deux ne s'est levé pour allumer. Étienne a sorti un de ses cigares. Enzo a posé ses deux coudes sur la table, le menton sur les mains. L'odeur du cigare réchauffe et épaissit le souffle. Se sont-ils assoupis ?

Dans la tête d'Étienne soudain le petit torrent. L'envie de l'eau fraîche sur son corps.

Enzo s'est levé en même temps que lui Tu ne sors pas tout seul. Je prends ma torche.

Et ils marchent, leurs pas juste éclairés par le faisceau de la lampe. Ça ils ne l'avaient jamais fait. La silhouette d'Enzo fait une masse compacte dans la nuit. Étienne ne pense plus. Il suit Enzo. Est-ce qu'il est allé seul au petit torrent pendant que lui était enfermé ? Il a envie soudain de savoir comment il pensait à lui pendant tous ces mois, ne sait pas comment demander. Pourtant ça fait partie du puzzle à reconstituer. Ça fait partie du monde. Le besoin de savoir le taraude. Irène Enzo Le monde proche si proche. Il pourrait toucher le dos d'Enzo à chaque pas.

Est-ce qu'Enzo a toujours été devant lui ? Ce corps plus massif que le sien qui ouvre et masque la route en même temps.

Ils entendent l'eau avant de la voir. Ils sentent tous les deux la fraîcheur et ils ont le même sourire. Mais

Enzo lève la main, s'arrête brusquement. Le cœur d'Étienne tape fort. Il est de retour en embuscade, loin. Calmer la peur qui soudain l'a envahi. Poser sa main sur l'épaule d'Enzo, sentir sa chaleur, se rassurer à la présence de l'ami. Enzo a tourné la tête vers lui, du menton il lui désigne quelque chose, plus bas. Silencieux ils guettent. Oui, y a quelque chose près de l'eau, une présence. Accroupis, ils affûtent le regard. Au bord de l'eau, une masse indistincte. Une masse vivante occupée à laper l'eau du torrent. Puis lentement la masse se divise, le pelage se sépare. Ce sont deux bêtes de la forêt. Deux. Puissantes. Qui boivent. Aucun souffle de vent. Rien qui fasse parvenir l'odeur des hommes jusqu'à elles. La lune éclaire peu. Les deux bêtes sont chez elles ici dans cette nuit. Sans alarme, elles font ce qu'elles ont à faire. Sans histoire.

Étienne et Enzo ne bougent pas. Combien de temps? Alors les bêtes entrent dans le petit torrent. Ils entendent les bruits de l'eau battue par les pattes vigoureuses, les grognements humides. Cela dure longtemps. Ils assistent à ce bain étonnant.

Puis les bêtes d'un même mouvement se laissent glisser au fil du courant. Elles disparaissent de leur vue. Les deux hommes se relèvent lentement. Toujours sans bruit. Ils restent debout, à contempler l'eau qui coule à nouveau, libre.

Jofranka n'a pas voulu qu'ils viennent la chercher à la gare, elle n'a pas non plus pris de taxi. Elle est allée vers l'autocar, comme avant. Elle l'attend sous l'aubette et regarde sans les voir vraiment les travées peintes sur le sol pour les véhicules, les poteaux surmontés de numéros, quelques passagers qui attendent comme elle, deux conducteurs qui bavardent, l'un déjà à son volant, l'autre sur le trottoir. Ici, on dirait que le monde s'arrête. Ne comptent plus que les horaires et les destinations. On entre dans le territoire de l'escale. Rien ne compte vraiment. Les pensées peuvent divaguer tranquillement, on sait ce qu'on attend, où on doit se rendre. Elle se laisse aller à cette sorte de repos. Il lui faut ces étapes avant de retrouver le village. Plus les retrouvailles approchent, plus elle sent qu'il faut aller lentement. Le voyage jusqu'ici a été long, dans l'autocar où elle a pu s'asseoir seule, elle somnole, la tête contre la vitre. À un arrêt elle ouvre les yeux, son regard accroche sur une affiche le corps d'une femme vêtue d'une lingerie suggestive, la pose provocante derrière la vitre de l'annonceur. La femme détourne la tête, n'offrant au regard que son corps parfait, ses courbes douces. Plus de visage. Jofranka pense Plus de visage et referme les yeux.

Quand elle arrive sur la place du village, elle a besoin de faire un effort pour s'arracher à la torpeur où elle s'était laissée couler. Elle s'en veut de n'avoir rien vu du paysage.

Sa valise ne pèse rien. Elle retrouve son pas ferme pour aller à la maison d'Irène. Étienne est venu au-devant d'elle. Sa silhouette longue, dégingandée, elle la reconnaîtrait n'importe où. Il la serre contre lui. Main de l'un posée sur la nuque de l'autre, le geste revenu de l'enfance. Elle soupire. Tout est là.

Ce soir-là Irène a tenu à les avoir tous les trois, comme avant, et elle leur a préparé un repas qui réveille les souvenirs anciens. Il y a ce que chacun d'eux aime sur la table. La mémoire et l'amour d'Irène dans le choix des plats, des desserts. Les fleurs sur la table. Étienne la prend dans ses bras Il murmure Merci maman, et elle lui sourit. Ce soir, elle se refuse à la moindre angoisse. C'est un soir de fête, celui qu'elle a tant attendu quand son fils n'était plus qu'un nom répété aux actualités télévisées. Ce soir, les trois enfants qu'elle a tenus dans ses bras sont là et son cœur est comblé.

Maintenant les choses sont en route et elle n'y peut plus rien. Ce qu'elle avait à faire, elle l'a fait. Elle l'a protégé, remis sur pied. Il a entendu la musique pendant tous ces jours. Ça a été sa façon de l'accompagner dans sa reprise du monde. Maintenant plus rien ne lui appartient de la suite.

Dans la pièce, le bourdonnement joyeux d'un repas de retrouvailles. Parfois pourtant le silence de l'un quand la main s'approche d'un verre, juste avant de le porter aux lèvres, ou quand le regard s'attarde sur un front une main. Des instants suspendus où une image une pensée isolent soudain l'un d'eux de la tablée, vite balayés par un geste, un mot repris à la volée, un sourire, la volonté de rejoindre les autres. La volonté d'être réunis.

Dans la tête d'Étienne deux mots qui ne le quittent plus depuis le début du repas À peine.

À peine.

C'est comme si on s'était à peine quittés.

À peine... mais la peine, elle est là et nous sommes à peine présents. Notre peine secrète, ancienne. Notre peine qui essaie encore de passer inaperçue... Nous sommes quatre autour de la table. Quatre à peine.

Jofranka ne peut s'empêcher d'être traversée par le regard de la femme avec qui elle a discuté pied à pied jour après jour, cette femme que les miliciens là-bas, dans une autre guerre, ont traitée comme une bête. Qu'est-ce qu'elle décidera ? Tu ne sais pas Étienne, qu'en venant ici, je prends le risque qu'elle renonce. Tu ne sais pas, toi, quel est le moment où il ne faut surtout pas les lâcher, ceux qui ont peur et honte de parler. Cette fois je laisse à cette femme la possibilité de retourner à son silence. Je lâche avant la fin. Pour venir ici. C'est pour toi mais ça vient de plus loin que toi. Depuis que tu as été enlevé, qu'on n'a plus rien su, quelque chose en moi se fait jour, lentement. C'est encore vague mais je fais le pari, un étrange pari avec moi-même en venant ici. Comme si la femme avait droit au silence. Même si cela laisse les bourreaux en paix. Je ne me reconnais pas. Est-ce que la paix du bourreau peut être une paix pour la victime ? Y a-t-il du pardon là-dedans ou juste une immense lassitude, celle que j'ai sentie chez cette femme, la lassitude de la vie qui se sait si peu tenue qu'un rien peut la faire lâcher ?

Toi est-ce que tu pourras m'éclairer ? est-ce que l'enfermement peut apprendre quelque chose ?

Jofranka boit son verre. Elle reconnaît un cépage qu'Enzo lui a appris à goûter. Étienne et Enzo discutent… elle a perdu le fil de la conversation… il suffit d'un instant… le regard d'Irène est sur elle, très doux. Irène repère toujours quand quelqu'un s'absente.

La vieille dame se lève. Elle appuie ses deux mains sur la table et le silence se fait. C'est sa verticalité qui a toujours fait taire chacun dans sa classe de campagne, ou dans les pires moments de sa vie quand en la voyant passer, on cessait de la plaindre. On ne plaint pas une femme qui se tient droite. Être plainte c'est déjà courber la tête. La verticalité elle est là, avant même qu'elle prenne la parole. Les paroles iront droit au but.

Mes enfants, je veux vous dire que mon cœur est comblé de vous voir à nouveau réunis à cette table. Voilà ce que je voulais vous dire. Je n'attends plus personne. Non, je n'attends plus personne. À vos vies et qu'elles soient belles !

Elle lève son verre et d'un même mouvement le trio fait de même. Entre eux quatre cette nuit, le pacte.

Enzo évite de regarder Jofranka, comme à chaque rare fois où elle est revenue. Tous les jours passés, il a pu déployer la voile de son parapente. Le vent est bon et il en profite. C'est un signe. Le vent a toujours été avec lui. C'est en volant, seul au-dessus des forêts et des collines, que son corps a désappris le corps de Jofranka. Combien de vols avant d'être juste à la joie d'être porté par les courants, de contempler ?

Combien de vols avant de se sentir libéré ? La peau la cambrure l'élan fou de Jofranka quand elle faisait l'amour, cette force qui émanait d'elle, cet abandon total à la jouissance, toute cette part d'elle, secrète, l'a tenu en otage longtemps et le peut encore. Il n'a retrouvé cet élan farouche dans aucune des étreintes qui ont suivi. Il ne la regarde pas.

Irène s'est rassise. Maintenant elle s'abandonne à la joie de leur présence. Son trio. Et qu'importe ce qui arrivera demain et tous les autres jours, ils sont là, réunis. Encore une fois. Est-ce que chaque bonheur n'est pas là pour créer l'espérance du suivant ? La présence de Jofranka a suffi à recréer la constellation. Elle manquait. Elle ne peut pas ignorer cela. Elle manquait. Et même si Irène sait que Jofranka œuvre au cœur de la tourmente de ce monde, et qu'elle craint si fort qu'elle ne ramène Étienne à cette tourmente, elle sait aussi à quel point elle lui est attachée. Oui, elle avait pris dans ses bras ces trois enfants et elle leur reste fidèle, comme eux le sont.

Le regard de Jofranka croise celui d'Étienne, elle sourit.

Et l'image des bêtes au pelage lourd d'eau revisite Étienne. Il revoit distinctement la masse obscure se diviser en deux et doute en même temps de cette vision.

Quand il sourit en retour à Jofranka, le visage de son amie a repris toute sa gravité.

La nuit les emmène. Ils sont quatre et chacun d'eux est seul.

Irène est partie la première se coucher Le vin me tourne toujours la tête, vous savez bien…

Puis Enzo a quitté la maison. Il n'embrasse personne, fait comme à son habitude, un au revoir collectif, main levée, C'était bien d'être tous ensemble.

Jofranka et Étienne se sont donné rendez-vous pour le lendemain matin.

Il la regarde partir vers le petit hôtel près de la rivière où elle a retenu une chambre. L'idée de la retrouver le lendemain lui paraît naturelle et extraordinaire à la fois.

Personne n'a dit à Étienne que lorsqu'elle était revenue au village, rarement, elle avait toujours dormi chez Irène.

La nuit est enveloppée de rêves. C'est la nuit qui boit l'eau des rivières. Elle est là, sous le pelage des bêtes et elle entraîne.

Étienne veille.

Où est la femme qui voulait sauver la vie cette nuit ?

Il ne saura jamais si elle et les enfants sont morts ou vivants. Il n'a pas pris de photographie mais il les a vus. Voir, c'était son métier. Le regard à l'affût et le monde qui s'inscrit sur la rétine. L'appareil est là, dans sa sacoche, sur le bureau. Il n'y a pas touché depuis son retour. Il passe les doigts sur la vieille sacoche, ne l'ouvre pas. Cette nuit finalement il pense que l'appareil photo l'a toujours soulagé de la vue. Ce qui était cadré n'était pas vu par son regard nu d'être humain, ne serait plus jamais rappelé à la mémoire de la même façon.

Cette femme et les enfants, eux, y ont échappé. Ils sont restés dans son regard. Cette nuit, son regard peut pénétrer la mémoire.

Il se souvient.

La petite fille avait des sandalettes européennes, blanches. Le blanc propre dans la poussière ocre. Le jeune garçon portait des nu-pieds en cuir comme on en voyait partout aux pieds des hommes.

C'est par les jambes qu'il attrape le souvenir. Les jambes qui servent à fuir. Quand on peut.

Remonter doucement le regard sur les jambes des enfants.

Une tache brune sur le genou du garçon. Tache de naissance ou reste d'une chute. Les petites cicatrices qu'on se fait pour la vie, en tombant d'un arbre ou en dérapant à vélo.

Les deux petits et la raideur de leurs genoux. C'est ça qui revient. Ils n'avaient pas le pas vif, léger, des enfants. Empesés, graves. Jambes raides.

Ne pas arrêter la mémoire Tant que je me souviens ils sont vivants. La petite fille avait les cheveux libres, bouclés, clairs et le garçon aussi avait ces cheveux clairs qui contrastaient avec ceux de leur mère. Qui, le père ? Un Européen ? La couleur de leurs yeux, il ne la sait pas. Est-ce qu'ils l'ont regardé ?

Étienne est assis au bureau de son père, celui où il le voyait préparer ses voyages, étaler ses cartes, tracer des traits.

Lui il a juste une feuille de papier blanc. Ni boussole ni sextant, rien pour choisir une route. Juste les mots qui s'écrivent, drainent maintenant le souvenir de l'odeur de cette rue, la poussière étouffante, le bruit et le silence de ce jour-là, le regard de la femme. Manqueront toujours l'odeur de sa peau, le toucher de ses cheveux lourds.

Écrire aussi ce qui manque au souvenir Tout ce que je n'ai pas sauvé, tout ce que je ne sauverai pas.

Il écrit. La rumeur lointaine, des appels plus loin dans la rue, peut-être lui qu'on appelle, la voix d'un de ses camarades, Roderick peut-être, mais lui, il ne bouge pas. L'écriture l'entraîne. Les mots ont une puissance il l'a toujours su, s'en est toujours tenu éloigné, comme sa mère, comme Enzo. Avec les mots il pourrait franchir le trottoir, se retrouver près d'elle. Manqueront toujours les paroles qui n'ont pas été échangées. Manqueront les voix. Aucun son ne sort du corps de cette femme. Aucun son non plus du corps des enfants. Le souvenir est muet. La mémoire ne ressuscite ni mots ni murmure. Elle aurait pourtant dû dire des mots rassurants aux enfants. Je n'ai rien entendu. Le souffle rauque des hommes dans mes oreilles, le bruit du moteur de la voiture. A-t-elle retenu un cri quand elle les a vus m'embarquer ? Est-ce qu'elle parle encore aujourd'hui ?

Je n'ai que son silence. Écrire "silence" et attendre. Que quelque chose advienne. Que le mot ouvre ses flancs comme un navire échoué. Qu'il libère sa cargaison et que tout se mêle à l'eau.

Étienne a un tel désir de tout laisser couler maintenant. Que le monde aille sa route, en folie. Que lui reste en paix. Il peut encore décider de ne pas rejoindre Jofranka demain. Elle, elle a choisi les paroles et leur péril. Il peut encore ne pas basculer de ce côté.

Il regarde la nuit. L'obscur et le silence ont partie liée. Pourtant il sait qu'il percevra au bout d'un moment les clartés d'abord indiscernables, l'obscur se nuancera, il percevra le mouvement d'une feuille ou l'envol d'un oiseau. Rien n'est jamais complètement obscur. Il ouvre la fenêtre. Aucune nuit non plus n'est totalement silencieuse. Ici, elle bruisse comme l'eau du petit torrent. Il revoit les bêtes de la forêt. Qu'a-t-il vu vraiment ?

Est-ce que désormais sa tête est pleine de rêves et de trous. Avancer sur cette piste cabossée, au risque des chaos et des enlisements. La peur à nouveau qui serre la poitrine. Le doute peut envahir. Tout.

Entendre la voix de Jofranka. Maintenant. Tout de suite. Conjurer. Elle, elle œuvre pour le jour. Avec des femmes qui respirent encore, vivantes. Conjurer. Il appelle. Elle ne répond pas.
Il est happé dans leur histoire, à nouveau. La nuit est pleine de chausse-trappes. Est-ce que Jofranka est allée rejoindre Enzo ? Basculer dans leur histoire à tous les trois est-ce que c'est retrouver le monde ? La réalité, là, toute proche, celle de ce dîner où la

mère dit qu'elle n'attend plus personne. Un avertissement. S'il repart…

Étienne ne sait plus rien et à nouveau, comme dans l'avion, il rentre dans les mots. Son seul lieu. Le lieu dans sa tête avec cette chose qui ne le quitte pas : le langage.

Jofranka ne répond pas. La nuit l'a avalée. Chacun dort. Ou pas. Et lui il veille.

Il retourne à la page.
Les mots sont là. Peu à peu rappelés allez savoir comment. La femme a des mains qui empoignent. Quelque chose de fort, une fermeté dans tout ce qui se délite autour. Ses gestes sont directs, sûrs. Sa façon de placer les bouteilles dans les bras des enfants exclut le déséquilibre. Les enfants sont obligés de faire face. C'est le corps de leur mère qui oblige. C'est ça aussi qui l'a arrêté au bord de ce trottoir. La précision des gestes de cette femme, c'est la sienne quand au milieu de la fureur, il cadre, il capte. Sans tremblement. On vend ses photos on les regarde dans les journaux. Personne ne regardera les gestes de cette femme. Et pourtant. Lui l'a fait. Lui peut témoigner de ça. Pas de photos. Les mots.

Cette nuit il se doit à ça, lui qui n'a pas su traverser dire Venez je vais vous mettre à l'abri.

Quel abri ? Courir, retrouver les autres, courir ?

Je prends le volant je ne jette pas un regard à la silhouette tassée derrière on roule. Savoir qu'il n'y a pas d'issue qu'on roulera un temps qu'on sera rattrapé par les uns ou par les autres la confusion est telle. Ils feront de nous ce qu'ils voudront mais ce temps-là de la fuite ensemble, ce temps-là elle se repose. Enfin. Elle laisse sa tête aller contre le siège.

Elle ferme les yeux. Sous ses paupières un monde que je ne connaîtrai jamais. Sous les paupières de chacun de ceux qui fuient, quand épuisés ils ferment les yeux, un monde. Qui va finir avec eux.

Je n'ai jamais su prendre soin de qui que ce soit
Je ne sais que prendre des risques. Pour moi.
Rapporter ce que j'ai pu arracher au chaos du monde. Je ne sais faire que ça. Prendre soin c'est pour les pères de famille les époux les engagés du quotidien. Moi je ne signe que mes photos, la durée des jours tranquilles je n'ai jamais su la signer, je ne m'y suis jamais engagé. Jamais. Je suis en pointillé. Un homme en pointillé. Et on prend ça pour de l'héroïsme! les seuls héros ce sont ceux qui restent. Et qui vivent.
Étienne a allumé un cigare, ceux dont l'odeur l'enveloppait quand il ne trouvait plus d'autre abri.

Tu m'as demandé de te parler de mon travail. Voilà. Jofranka pose le dossier sur la table.

Elle est arrivée tôt. Toujours aussi ponctuelle. Elle est là pour le café du matin et sa présence familière, vive et discrète à la fois, remet Étienne dans quelque chose de la vie qu'il peine à retrouver seul.

Irène les a laissés tous les deux. Le dossier, les paroles qu'ils vont échanger maintenant, elle ne veut pas de ça dans sa tête.

Moi mes armes, c'est un vieux sécateur, mes genoux pas toujours prêts à se plier et tout ce que je sens de la terre, des plantes. Entendre à nouveau toutes les horreurs du monde, je ne peux pas.

De temps en temps elle jette un œil sur la fenêtre. Que la maison les protège. Que la paix qu'elle a mis tant de temps à apprivoiser tienne leur esprit libre, loin de toute cette barbarie. Dans le ciel passent des oiseaux, en formation serrée.

Tout ce qu'ils transportent sous leurs ailes, on ne le saura jamais, pourtant ils sont là, les cris, la misère, dans leurs plumes légères qui viennent de si loin, j'aime les oiseaux parce qu'ils portent tout ce qu'ils ont vu en silence et que cela ne les empêche pas de voler haut dans le ciel. Je les envie. Nous sommes si lourds mon dieu si lourds, nous, dans l'air du matin. Oh comme je comprends Enzo.

Étienne apparaît à la fenêtre, il fait un signe de la main. Il a ressorti ses cigares. Elle n'aime pas ça. Un jour il lui avait confié les bienfaits de l'odeur puissante du cigare sur lui dans les lieux sans repos. Décidément, elle n'aime pas.

Tu as à nouveau besoin de te protéger mon fils. Pourquoi mais pourquoi faut-il que tu retournes à toute cette horreur? Vivre ne te suffira donc jamais? Irène frotte une feuille contre la paume de sa main puis elle la respire. L'odeur amère et douce à la fois.

Tu ne veux pas voir le dossier?

Si. Mais pas tout de suite. Parle-moi d'abord. Je ne sais pas comment tu travailles en fait.

Étienne s'est assis. Il ferme les yeux, l'entendre lui suffit. La voix de Jofranka, si proche, le ramène inévitablement à l'instrument qu'elle avait choisi. Elle n'avait pas hésité une seconde au conservatoire. Une affaire de souffle et de vibrations.

Tu m'écoutes?

Bien sûr.

Non parce que tu as ton air, là, parti dans ton monde...

Je t'écoute. Vraiment. Même si je ferme les yeux, je t'assure que je t'écoute. Mais si ça te gêne je peux garder les yeux ouverts.

Fais comme c'est bien pour toi, ça va.

Elle sourit.

Il l'entend et derrière ses paupières il l'imagine. Elle lui raconte le Cambodge. Ils ont dû aller sur place, les autorités cambodgiennes voulaient montrer que le procès n'était pas imposé de l'extérieur, que c'était une affaire intérieure au pays. Le procès devait servir avant tout à reconstruire un pays où toute confiance s'était perdue. Elle parle de l'arrivée dans des villages et comment les pancartes annonçaient leur venue. Les villageois rassemblés. Et la parole, toujours la parole pour chaque souffrance, même si les têtes étaient baissées parfois, les regards inatteignables. Là-bas les paroles ont un terrible poids, tu comprends, tu vis encore avec ceux qui ont torturé, massacré, ils sont tes voisins parfois et comment faire pour vivre ensemble après. Que la guerre s'arrête c'est une chose mais gagner la paix c'est une autre affaire… Parfois tu sentais à quel point les gens ne parlaient pas ne parleraient pas et c'est terrible…

Étienne écoute.

Et peu à peu infuse en lui un sentiment inavouable : lui, la paix ne l'a jamais intéressé.

Il a horreur de cette évidence.

Il y a parfois des vérités qui mettent longtemps à nous apparaître. Pourtant elles sont énormes, là, face à nous. C'est par la voix de Jofranka que cela arrive. Et il ne lui demande pas de se taire. Il écoute. Comme s'il fallait enfin aller jusqu'au bout d'une drôle de confession qu'il ne s'est jamais faite. Il entend dans les paroles de son amie l'exact envers de ce qu'il est.

Jofranka, elle, passe sa vie à ça : gagner la paix.

Un gouffre entre eux. Elle ne le mesure pas.

Et il chute.

Tu ne m'écoutes plus…

Il ne peut plus rien dire.

Ça va ? Dis, ça va ?

Il rouvre les yeux. Excuse-moi c'est la fatigue…

Je t'apporte un verre d'eau. On ne devrait pas reparler de tout ça peut-être, c'est trop tôt.

L'alarme dans la voix de Jofranka. Il sort du vertige, laisse fondre dans sa bouche le sucre qu'elle a apporté Tiens, ça va te remonter…

Le sucre fond. S'arrimer à cela, juste cela. Des petits cristaux qui peu à peu disparaissent, le goût qui envahit le palais. Repousser tout le reste. Tout.

Mais il ne peut pas.

Il a voulu la présence de Jofranka. Comme il a voulu lire les journaux. Quelque chose en lui veut aller jusqu'au bout de ce que cette prise d'otage a entamé en lui. Il ne peut plus reculer.

Ça va aller, c'est juste un étourdissement… ça m'arrive encore mais de moins en moins… continue s'il te plaît…

Je ne préfère pas Étienne. On peut faire une pause, aller marcher un peu. Je continuerai après.

Il lui prend la main S'il te plaît!

Elle sent dans sa voix, dans son regard qui la fixe, l'urgence de la demande.

OK.

Étienne a fermé les yeux à nouveau. Je t'écoute Jofranka, tes mots m'entraînent. C'est ce que je veux. Un jour il faut bien aller jusqu'où on perd pied. Pourquoi la guerre toujours la guerre. Ma vérité, elle a toujours été là, sur ma route, simple, brutale. Aveuglante. La vérité ne bouge pas, ne s'éloigne jamais. Non, elle ne bougeait pas, elle m'attendait. Et moi je marchais je marchais, les yeux fixés toujours au-delà d'elle, sur un horizon chimérique. Embrasé. Il me fallait la mort, c'est tout. Légitimée par la guerre. Parce que c'est comme ça : la mort, elle est "normale" pendant les guerres. Il n'y a même que là qu'on n'en fait pas toute une histoire. Pas d'histoire. La mort dans la guerre c'est la norme, le luxe c'est de mourir vite, sans souffrir. Oh mon dieu pourquoi ma vie liée à ça. J'ai photographié des morts, je ne peux pas les compter. J'ai oublié certains visages, d'autres sont là. Maintenant les mots trouvent leur chemin hors de sa poitrine. Sa voix est basse.

Écoute Jo, écoute… je n'ai jamais pu raconter ça à personne… Quand j'étais là-bas, otage comme on dit, que je ne savais même pas si j'en sortirais vivant, j'ai tenu à la vie comme jamais, tu m'entends, comme jamais… je reculais le moment de m'endormir parce que j'avais peur que pendant la nuit ils viennent m'assassiner et que je ne m'en rende même pas compte. J'avais peur de ça, oui. Je voulais vivre jusqu'au bout, chaque seconde. Précieuse. Même si la vie ce n'était presque plus rien, tu vois.

Jofranka ne dit rien. Elle le regarde et il sait qu'il peut poursuivre. Elle, elle peut entendre.

Et puis il y a eu ce cauchemar une nuit qui m'a réveillé. C'est mon propre hurlement qui m'a réveillé. Je hurlais encore éveillé ça ne s'arrêtait pas dans ma gorge, le hurlement, et j'ai eu peur que ça ne s'arrête jamais de hurler et qu'ils viennent me faire taire m'écraser la tête contre le mur mais rien… comme s'il n'y avait que moi à m'entendre hurler… le cauchemar c'était un visage… et je le voyais encore même réveillé… le visage d'un homme les yeux fermés comme s'il dormait, un homme que je ne connaissais pas, et ce visage cherchait le mien mais moi seul je savais qu'il était mort. Et ça me terrifiait qu'il approche son visage du mien. Qu'il parvienne à m'atteindre, ça me terrifiait. Ça me terrifie toujours rien que d'y penser. Oh Jo ce cauchemar je ne l'ai raconté à personne… je ne sais pas pourquoi mais j'en ai honte. Est-ce que tu peux comprendre ça, ma honte?

Jofranka a pris ses mains dans les deux siennes. Son regard cherche celui d'Étienne. Il a baissé la tête. Regarde-moi. Regarde-moi. Ça bute en lui... les paroles à nouveau, chuchotées... Je sais, Jo, qu'il y a quelque chose d'essentiel pour moi dans ce cauchemar... qu'il faudrait que je comprenne... mais je n'arrive pas. Et la honte que j'ai de cette terreur. Je ne peux pas expliquer. J'ai honte de ce rêve tu ne peux pas savoir... il me fait tellement peur. Peur comme je n'ai jamais eu peur au milieu des combats. Peur de l'approche de ce visage. C'est comme s'il pouvait recouvrir le mien. Oh Jo est-ce qu'il y a du mort à l'intérieur de moi maintenant? est-ce que ça peut occuper toute la place?

Elle prend son visage dans ses mains, l'oblige doucement à relever la tête. Elle appuie son front contre le sien, très fort. Elle murmure dans le huis clos de leurs visages des paroles qui disent que le mort et le vivant sont là, en eux, en chacun de nous, toujours toujours et que notre vie va d'un pas hésitant parfois plus proche de l'un ou de l'autre... elle dit que eux deux ils ont choisi d'être tout près de la mort, si près que parfois la frontière est poreuse... quand ils t'ont enfermé ils t'ont poussé contre la mort, encore plus près... Mais tu as tenu Étienne, tout au bord, mais tu as tenu... maintenant il faut reprendre le pas, celui qui oscille du mort au vivant parce que c'est ta vie, mon Étienne... toi comme moi on ne peut pas être que du côté des vivants, on le sait depuis longtemps, on le savait déjà quand on était gosses mais on n'avait pas les mots pour dire ça... accroche-toi mon Étienne, accroche-toi... je suis là.

Il sent le front de son amie contre le sien. Derrière ce front il y a des images qu'il ne connaîtra jamais mais ce qu'elle lui dit entre en lui. Par le front. Ces paroles-là, c'est par la peau qu'elles trouvent leur chemin. Il laisse sa main se poser sur la tête de Jofranka. Il caresse ses cheveux.

C'est un moment comme il y en a peu dans une vie. La confiance entre les deux n'a plus de bord. Ce que Jofranka lui révèle c'est ce qu'il sait déjà de tout son être sans l'avoir jamais dit. Lui, il a pris des photos. Il l'a fait du mieux qu'il pouvait. Avec tout le respect et l'amour qu'il a toujours eus pour les êtres humains. Mais aucun mot n'est venu éclairer ce qui se passait au fond de lui. La musique était là par moments pour adoucir, faire glisser. Maintenant il a besoin de paroles. Oui c'est pour cela qu'il a demandé à Jofranka de venir. Et oui elle le comprend.

Elle ouvre les yeux, écarte lentement son visage du sien Elle lui prend la main. Elle décide qu'aujourd'hui leurs peaux resteront en contact, elle ne le lâchera pas.

Ils marchent tous les deux, traversent le village en silence.

Il a failli devenir fou de solitude et de peur et pourtant. Sa vérité était là, contre le mur de sa prison, dans l'effritement de la peinture, dans les bruits qu'il guettait dans le couloir, dans ses articulations qui lui faisaient mal à force de ne pas bouger, de ne pas marcher plus que dix pas avant de retrouver un autre mur. Sa vérité, elle était là. C'était la place exacte du goût de la mort en lui. La guerre, il la cherchait, il la traquait sur les visages, sur toute la planète. Parce qu'elle tient la porte grande ouverte sur la mort.

La paix lui était étrangère, oui et c'était ça, sa vérité. Comment vivre avec ça.

Loin d'eux pendant ce temps, dans la ville que Jofranka a quittée la veille, la femme qui doit témoigner marche. Elle prononce le nom étranger à l'intérieur d'elle La Haye. Elle essaie de prononcer exactement comme les gens d'ici. C'est difficile. Elle apprivoise tout l'inconnu qui l'entoure en se concentrant sur la prononciation du mot. Les sons l'entraînent et elle marche. Autour d'elle la ville l'enveloppe dans ses bruits, dans sa langue. Elle ne comprend pas les paroles échangées ni les affiches ni les enseignes et elle aime ça. Elle se laisse porter, suit le flot des passants. Ici, elle peut croiser les visages. Ici, personne à reconnaître. C'est un repos.

On l'a choisie, elle, pour témoigner. On lui a expliqué qu'elle parlerait de ce qu'elle a subi mais aussi qu'elle représenterait toutes celles qui ont subi la même chose. Une mission. Elle a peur. Réveiller les démons. Parler. Parler c'est sentir à nouveau. Dans tout son être. Même si elle est protégée ici et que rien ne peut plus lui arriver. C'est à l'intérieur que ça peut recommencer. Il ne faut pas toucher à ça. Une vieille lui a dit au village Il ne faut pas toucher à ça. Mais si elle ne parle pas qui saura ? Se taire pour elle, elle peut. Sa vie est arrêtée de toute façon et rien ne pourra la remettre en route. Se marier avoir des enfants enseigner… elle se dit les mots qui l'ont fait vibrer autrefois mais il n'y a plus rien. Les mots sont des choses vides comme son corps maintenant. Elle ne regarde plus son corps. Elle ferme les yeux quand elle se lave. Chaque parcelle de ce corps a été souillée. Chaque parcelle de son corps est devenue une source de souffrance qu'elle n'aurait jamais pu imaginer. Parler alors c'est rouvrir les yeux sur chaque parcelle de sa peau.

Elle pose ses pieds précautionneusement. Pourtant ici les trottoirs sont lisses. Sa peur est restée dans son pas. Elle avance comme une vieille. Elle a trente ans. Tout à l'heure elle retrouvera la famille où elle loge. Elle reverra la petite fille qui ce matin a mis sa main dans la sienne, comme ça, sans raison. La mère a vu le geste et les deux femmes ont échangé un regard rapide puis un sourire. Mais le geste l'a bouleversée, l'a conduite dans la rue à marcher, seule. L'enfant l'a ramenée des années en arrière, quand elle-même tenait la main de son petit frère et que ni l'un ni l'autre ne pouvaient imaginer ce qui arriverait.

Elle n'aura jamais aucun enfant à elle qui lui tiendra la main. Le médecin lui a dit, tristement, clairement. Dans son ventre ce qui était venu par la violence est mort. Elle a failli mourir aussi de cette mort-là. Mais le corps a résisté. Le corps est une bête têtue.
Elle s'est arrêtée devant une vitrine. Les couleurs acidulées des robes, les formes courtes, joyeuses. Elle voit son visage dans la vitrine et se remet à marcher. Témoigner témoigner témoigner… il faudra dire sans faiblir comment on l'a traitée. Comme une bête. Une bête de somme. Humilier est un mot trop doux pour ce qu'elle a subi. Il faudra se rappeler et dire.

Elle rassemble les mots dans sa tête. L'avocate qui l'a écoutée derrière son bureau, là-haut, dans l'immeuble, l'a aidée. Parce qu'elle a su se taire. Elle a su attendre les mots. Elle lui a dit que la Cour l'écouterait aussi. Avec respect. Respect ? Dignité ? Un mauvais ricanement lui tord le ventre. Elle a appris les mots. Le viol comme arme de guerre. On atteint l'adversaire par le corps de ses femmes. Dans d'autres pays aussi ça a lieu. Partout sur la terre des hommes font ça à des femmes Des êtres humains. Depuis quand. Depuis toujours.

Maintenant elle voudrait savoir. Savoir tout de l'histoire des autres guerres dans les autres pays et dans d'autres temps. Comme si seulement savoir pouvait l'extraire de la boue, des crachats, du sperme et du sang.

À nouveau dans la rue son visage reflété, cette fois c'est un miroir. Elle reconnaît la boutique d'un coiffeur. Une femme derrière la caisse, entre deux âges, lui sourit machinalement parce que leurs regards se sont croisés.

Et elle entre.

Ses cheveux, il y en avait un qui s'amusait à les attraper et à la tirer par terre, son arme dans l'autre main. La femme derrière la caisse ne sait pas cela. Il la promenait par la crinière comme on promène un chien.

Le souvenir est vivant. Dans chaque boucle de ses cheveux. Un jeune homme vient vers elle, affable et souriant. Elle montre ses cheveux et dans un anglais bref elle articule Couper. Couper. Il lui répond en anglais aussi, elle comprend qu'il lui demande comment elle veut être coiffée. Elle ne l'écoute pas, ne peut pas, il faut qu'il se taise, elle secoue la tête, montre les ciseaux. Couper couper. Le jeune homme jette un coup d'œil à la femme derrière la caisse. C'est elle qui fait asseoir l'étrange cliente. Elle apporte une pile de magazines, montre des coupes. Il y a là sur chaque page de belles femmes au regard brave. Leurs yeux semblent défier la terre entière dans des visages lisses, parfaits. La main de la jeune femme referme le magazine. Sur une photo au mur, un mannequin aux cheveux ras. Elle pointe son doigt vers ce visage. Couper. La femme fait oui de la tête et parle dans leur langue au jeune homme affable.

Quand les ciseaux commencent leur travail, elle ferme les yeux. Le soldat, elle lui fait entrer chaque mèche de cheveux au fond de la gorge et elle pousse avec la pointe du canon. Qu'il crève. Pour chaque cri qu'elle a retenu, une touffe de cheveux au fond de la gorge. Plus un rire plus un mot ne sortira de la gorge de cet homme-là. Elle voudrait qu'il soit encore vivant et qu'elle le voie, elle, implorer sa pitié. Mais il est mort. Elle a reconnu ses bottes dont il était si fier quand une armée étrangère est venue les délivrer elle et celles qui restaient encore vivantes. Elle a appris à l'hôpital où elle a été soignée que le chef de l'armée de son pays les laissait faire, lui et les autres miliciens, tout ce qu'ils voulaient. C'était comme ça qu'il les tenait puisqu'il ne pouvait pas les payer. Ils se payaient sur la chair meurtrie des femmes. Cet homme-là, ce chef de l'armée barbare, c'est lui qui va être jugé. Et c'est elle qui va parler. Elle dira chaque chose. Pour que tous dans cette Cour sachent ce que vivent les femmes qui sont enlevées là-bas.

Quand elle sort du salon de coiffure, elle passe une main lente sur son long cou, sent l'air froid sur sa nuque. Elle redresse la tête. La femme derrière la caisse la suit des yeux et lui trouve soudain une grâce peu commune. Mais quelque chose dans cette jeune femme la fait frissonner.

Le jeune homme balaie les boucles. Il en garde une, restée sur le fauteuil, un temps dans la main. Il a senti la tension dans tout le corps de cette femme à chaque coup de ciseaux. Un maître de la coiffure lui avait dit Ce n'est pas rien de toucher aux cheveux de quelqu'un. C'est la première fois qu'il le sent vraiment.

Il va à la porte de la boutique. Peut-être la femme voudra-t-elle garder une mèche en souvenir ?

Mais elle est déjà loin.

Il n'aurait jamais cru qu'elle puisse marcher si vite.

Elle non plus.

Étienne et Jofranka sont assis sur la colline face au village. À leurs pieds, la petite école, les ruelles, le jardin d'Irène et les autres jardins imbriqués dans l'enchevêtrement des murets de pierres. Jofranka tient toujours la main d'Étienne.

Toi Jofranka, comment as-tu fait pour ne pas basculer ?

Moi je m'occupe des rescapés Étienne. Des rescapés. Je suis une recueillie ne l'oublie pas. Tu vois le village, là, on ne peut pas le regarder pareil, toi et moi. Toi quand tu reviens ici, c'est chez toi. La maison de ta mère, tout, c'est chez toi. Tu as habité ici depuis que tu es né.

Tu étais là toi aussi, toute petite, Jo.

J'avais trois ans et demi. Exactement. Avant, on m'a raconté les foyers, j'ai glané tout ce que j'ai pu mais je n'ai pas de vrais souvenirs. Des impressions des sensations qui parfois me submergent, que je ne comprends pas. J'ai appris à faire avec. Avec le temps, avec l'aide d'une psy aussi. Mais habiter, je n'ai pas appris. Quand tu es "recueillie" tu n'habites jamais vraiment. Tu fais des tentatives, c'est tout. Moi je vis dans un espace intermédiaire. Entre recueillie et habiter, il y a un espace que je n'ai jamais franchi. C'est là que je vis.

Étienne écoute son amie. Quelque chose d'elle lui revient, du fond de l'enfance : un front buté qui se détournait, elle ne leur faisait jamais signe quand elle les quittait Enzo et lui. Il la trouvait alors lointaine, presque hautaine. Elle l'impressionnait. Aujourd'hui elle est à nu auprès de lui. Elle poursuit.

Mon espace à moi, ce sont les mots et le silence entre les mots. Là, ça va. Je suis vivante. Entièrement vivante. Pas de murs pas de portes pas de fenêtres qui font le "chez soi". Ça, c'est pour ceux qui savent habiter. Pas pour moi.

La voix de Jofranka chasse toute pensée dans la tête d'Étienne. Il regarde le village en bas et il serre sa main.

Tu sais, j'ai appris et j'apprends encore beaucoup des gens dont je m'occupe. Tu penses bien qu'on ne fait pas ça par hasard…

Les images continuent dans la tête d'Étienne. Il revoit Emma. Lui non plus ne s'est pas retourné quand il l'a laissée. Le visage qu'elle avait alors, il ne le connaîtra jamais. Est-ce qu'elle aussi le trouvait hautain, lointain ?

Enzo, ce matin-là, a fourré dans le coffre de la voiture son matériel. Il grimpe jusqu'au dernier virage, gare la voiture. Le reste du chemin il faut le faire à pied et il aime ça. Il passe près de la petite chapelle. La clef est toujours sur le linteau au-dessus de la porte. Il ouvre la porte et comme à chaque fois il est saisi par la paix toute simple de l'endroit. La nef, on dirait un bateau à l'envers et les quelques rangées de bancs sont, il ne saurait dire pourquoi, accueillantes. Il s'assoit, respire l'odeur du bois, passe sa main lentement sur le dossier du banc en face de lui. Ici, presque personne ne vient prier. Le lieu est empreint d'un calme qui n'exclut ni ne réclame la prière. C'est ici qu'il a souvent trouvé la paix avant d'aller voler.

Il a appris avec le temps que si l'on attend du vol des merveilles il faut d'abord être prêt à les recevoir. Ici, il se vide la tête. Alors seulement il pourra contempler.

Le visage de Jofranka est là, obsédant. À chaque fois qu'elle est revenue au village il a su qu'il lui faudrait œuvrer pour pouvoir l'oublier à nouveau. C'est comme ça. Il ne sera jamais complètement délivré? Elle fait partie de sa vie. Une part de lui est restée avec elle. Cette part-là, est-ce qu'il veut vraiment la reconquérir?

Il y a une grande lassitude en lui ce matin-là.

Jo tu es revenue pour Étienne et c'est bien. Je savais que tu reviendrais pour lui. Mais moi j'en ai assez de ne pas savoir ce que j'éprouve vraiment. L'amitié, la fraternité, l'amour. Les mots sont là mais à l'intérieur tout est si mêlé. J'aimerais tant pouvoir reconnaître ce que j'éprouve comme je reconnais l'essence d'un bois. L'odeur, le grain du bois. J'arrive à sentir son âge à imaginer son origine et je sais ce que je vais pouvoir en faire. Toi Jo je n'ai jamais su. Quand je t'ai tenue dans mes bras seulement je savais. Tu étais là vraiment. On était ensemble. Dès que tu quittais mes bras je te regardais et je ne savais plus ce que tu allais faire. Je n'ai jamais pu te deviner ni savoir ce que nous allions faire ensemble. J'ai fermé les yeux et je t'ai fait l'amour encore et encore. Mais je ne pouvais pas te garder entre mes bras tout le temps. On ne peut pas garder une femme comme ça.
Par le vitrail en ogive, une lumière claire arrive jusqu'à lui.
Il sourit. Décidément nous les hommes, dans la famille, on ne sait pas garder les femmes.

Alors il revoit ce qu'il a toujours gardé au secret. Ce jour où il commençait les vols au-dessus du village. Il était très jeune, ni Étienne ni Jofranka ne voulaient s'essayer au parapente avec lui. Il les laissait et partait avec la sensation d'être un vrai explorateur, seul. Déjà, il aimait s'arrêter dans la petite chapelle. Ce jour-là il avait volé longuement, heureux. Les courants ascendants chauds le portaient, silencieux. Comme un oiseau. Il voyait tout, de haut. Et il a vu ce qu'il n'aurait jamais dû voir. Son père, qu'il a reconnu tout de suite. Il était le seul au village à avoir ce chapeau noir toujours sur la tête. Il s'est amusé à le voir s'arrêter, attendre… et la silhouette menue qui est arrivée dans la clairière… l'a rejoint. Il en a été abasourdi. C'était Irène. Irène et son père s'embrassaient s'enlaçaient. Il était assez bas pour n'avoir aucun doute et il aurait voulu que les courants le ramènent vite, haut, ailleurs. Ailleurs. Mais on ne fait pas ce qu'on veut dans les airs.

Il n'a jamais su s'ils l'avaient vu. Il n'en a jamais parlé à personne.

Étienne a sorti le carnet qui ne le quitte plus. Maintenant il lit et Jofranka écoute.

C'est elle qui est transportée dans la ville là-bas, le chaos, la terreur annoncée. La voix d'Étienne décrit tout, distinctement. C'est bien plus impressionnant que n'importe laquelle de ses photos, cette voix et ces mots. Dans sa voix, elle avance dans les décombres. Elle s'arrête devant une femme aux cheveux lourds, deux enfants. Elle les contemple qui s'affairent. Ils sont vivants, dans les mots d'Étienne. Elle voit la petite fille qui ne comprend pas, juste qui sent le danger, le terrible danger qui avance sur les chenilles des chars. La peur, elle la sent pour elle. Est-ce cela la compassion? devant chaque femme qu'elle reçoit dans son bureau, elle se l'interdit. Ici, elle peut. Et reviennent dans sa tête tous les récits des femmes qu'elle a entendus. L'abjection. Elle sent la terreur de la petite fille. Ce sont toutes les femmes du monde qui sont là, dans le corps vierge de cette petite fille. Et Jofranka prie, de toutes ses forces, pour que cette enfant, là-bas, ait été épargnée.

Je n'ai aucune photo Jo. Depuis, je n'ai fait aucune photo. C'est comme si mon appareil était mort. D'avoir été touché par les mains de ceux qui égorgent et violent. Je ne l'ai pas sorti de sa sacoche, je n'ai pas pu.

C'est fini maintenant Étienne, c'est fini

Non, c'est pas fini. Pas à l'intérieur de moi. Il y a des moments tu sais où je me demande si ça finira jamais... j'en ai trop vu...

Quand on dit "trop" c'est "pas assez"

Quoi ?

Je dis Quand on dit "trop" c'est que ce n'est pas encore assez et ne me regarde pas comme ça je ne suis pas folle. Tu n'en as pas assez vu parce qu'il te reste plein de choses à photographier, Étienne, et de gens. Parce que le monde est vaste et que tu peux regarder ce que tu veux, tu comprends, ce que tu choisis, toi, de regarder. Pas là où on t'envoie. Là où toi tu choisis d'aller. Là où toi tu veux voir et photographier et partager. C'est ça, non, être photographe ?

Moi je suis un photographe de guerre, Jo

Eh bien deviens photographe tout court.

À l'entrée de la grotte où elle a allongé le vieillard, Elfadine s'est assise. Après la mise à sac de l'appartement il a fallu marcher longtemps dans des ruines. Elle a porté le vieillard. Elle est forte. Ici ils sont en sécurité, elle est retournée dans ses montagnes. Ici, elle connaît tout et les habitants, ce sont ceux avec qui elle a grandi, elle trouvera refuge. Quand il sera l'heure.

Pour le moment elle sait qu'il faut juste rester auprès du vieillard. Elle n'arrivera pas à le porter plus loin. Et la grotte est un abri sûr. Elle venait ici, enfant, jouer avec ses camarades. C'était l'innocence. Le temps où ils jouaient à se faire peur. Maintenant la peur, elle fait partie de la respiration de chaque jour. Le monde est devenu fou.

Que sont-ils devenus ses petits camarades ? est-ce vrai que l'un d'eux a tué, pillé aussi, enrôlé par les fous armés ? Comment croire que les peurs de l'enfance, les peurs jouées avec joie et hauts cris, se soient muées en gorges nouées, cris arrêtés par l'horreur ? Le vieillard gémit doucement. Elle pose sa main sur son front. Elle est heureuse que son père et sa mère soient morts déjà depuis longtemps, qu'ils n'aient pas vu le monde devenir fou autour d'eux, qu'ils soient morts dans la paix de leur petite maison, la famille autour d'eux.

Le vieillard n'a plus rien.

Alors elle sort de sa poche les photographies qu'elle a pu ramasser, à la hâte, quand les fous sont partis, le laissant pour mort. Elle a ramassé les photos sans y penser, sans savoir ce qu'elle faisait. Il fallait faire vite, avant que d'autres n'arrivent pour finir le pillage. C'est comme ça maintenant. Les armées tuent et violent, ils prennent le gros butin. Et les petits pilleurs suivent, comme une nuée de mouches sur le visage des cadavres.

Elle déplie chaque cliché. Un par un. Elle a pris une grosse pierre plate et elle s'en sert pour aplatir les bords cornés. Elle contemple chaque visage et elle le convoque, là, auprès du vieil homme qui meurt. Pour qu'il soit entouré lui aussi.

Elle repense à l'étranger qui était venu une nuit dans l'appartement. Elle entend la musique à nouveau dans sa tête. Et ça l'aide.

Étienne a remis le carnet dans sa poche. Il a tout lu et ils se taisent. C'est Jofranka qui parle la première L'homme au fond de la voiture?

Il était mort Jo. Ou pas loin. Juste une masse inerte.

Elle imagine le démarrage de la voiture, la femme au volant. Peut-être le petit garçon devant. Maintenant elle porte aussi la question qui hante Étienne Jusqu'où ont-ils pu aller? Ont-ils échappé?

Tu vois elle essayait d'entrer dans le mot "rescapé" elle aussi, avec ses deux enfants. Jofranka dit Oui. Elle imagine la femme entrant dans son bureau là-bas, à La Haye, avec ses deux enfants, ce serait magnifique même s'il y a si peu de chance… Tu sais, tu l'as peut-être sauvée. Ils ont dû aller très vite quand ils t'ont enlevé. Ça lui a donné du temps.

Du temps. Étienne a un pauvre sourire. Du temps. Dans la guerre le temps est fractionné et multiplié. En une journée on vit tant de choses, coupées les unes des autres. Des séquences. Si brèves. À la fin de la journée, ça tourne dans la tête avant que le sommeil embarque, lourd. Pour se préparer à la journée qui arrive. Dans la guerre, le temps est coupé à la hache.

C'est du temps aussi que voulait Emma. Du temps sans coupure entre eux. Emma était une femme de paix. De vie. Comme la femme là-bas. Son cœur se serre.
Oh Jo je voudrais tellement que tu aies raison.

Regarde! elle vient de lui montrer un point dans le ciel.
Son sourire. C'est Enzo.
Tu crois qu'il nous voit?
Je ne sais pas. Peut-être oui, à cette hauteur c'est possible.
Étienne suit des yeux son ami. Il presse la main de Jofranka. Viens, on va grimper, il a dû partir du haut du mont. Il reviendra prendre sa voiture à la petite chapelle. On va l'attendre là-bas.

Emma a cherché toute la journée la deuxième boucle d'oreille. Elle s'est irritée contre son désordre puis s'est assise sur son lit.

Très bien. Elle l'a perdue. Très bien.

Il la lui avait rapportée du Pérou ou du Venezuela elle ne sait même plus. Une paire de boucles d'oreilles qu'elle a mise ensuite à chacun de ses retours. Fétiche.

Maintenant qu'elle lui a envoyé sa lettre, elle s'est sentie libre de porter les boucles n'importe quand. Dans son temps à elle.

Mais voilà, elle en a perdu une. Elle regarde l'autre, dans sa main, ne sait qu'en faire.

Étienne n'a pas répondu à sa lettre. Il ne répondra jamais. Elle le sait. Ce qui était nécessaire, c'est qu'elle l'écrive. Elle a posé la boucle d'oreille sur l'oreiller, la contemple. Se dire qu'une histoire est finie, ce n'est pas si compliqué. Ce qui perdure c'est l'amour qu'on éprouve et ça, non, ce n'était pas fini. Jusqu'à cette nuit au bord de la mer avec Franck. Cette nuit où elle s'est donnée à lui en entrant dans son temps à elle. Franck avait pris le temps de l'approcher. Et avec lui le temps est ouvert, elle le sent.

La passion avec Étienne c'était du temps enclos entre deux missions et elle manquait de souffle.
Maintenant ça aussi c'est fini.

Quand elle s'est réveillée au bord de la mer et qu'elle n'a pas trouvé Franck dans le lit, elle a été traversée par la panique. Comme lorsqu'elle s'éveillait, en proie aux cauchemars, Étienne parti loin, en danger. La tête pas encore claire, elle s'était posé pour Franck les mêmes questions Où était il? Parti? disparu? et puis quelque chose en elle s'était calmé. Elle avait pris l'oreiller avait senti son odeur et l'avait attendu. Il était rentré les cheveux encore mouillés de son bain J'ai nagé loin et c'était bon. Elle l'avait pris dans ses bras. Lui, elle pouvait l'attendre dans la paix. À nouveau ils avaient fait l'amour et elle s'était dit Si je suis enceinte ce sera un bonheur.

La deuxième boucle d'oreille elle la jettera dans le fleuve en allant le rejoindre.

Dans la petite chapelle ils sont silencieux. Avant de franchir le seuil Jofranka lui a rappelé Vous ne m'aviez jamais emmenée jusqu'ici, toi et Enzo.
Non, c'était pour nous seulement. Ça grimpe dur. C'était pas pour une fille.
Tiens donc !
Il ne dit pas qu'il leur fallait quand même un lieu sans elle. Sans enjeu. Pour la fraternité.

Ils se sont assis sur un banc de bois. Le lieu les enveloppe. Ici tout paraît si simple ; la vie pourrait se passer, paisible. Travailler toute la semaine, venir prier le dimanche, aimer tranquillement femme et enfants. Étienne se surprend. Cette vie simple, elle n'est pas pour lui. Et d'abord, prier, il n'a jamais pu. Il jette un œil sur Jofranka. Elle est profondément absorbée par ses pensées, les yeux mi-clos.
Tu médites ?
Oui.
Moi je ne peux pas.
Bien sûr que tu peux ! comme tout le monde.
Non. Ça me renvoie au mur là-bas, j'ai passé trop de temps devant. Je n'arrive plus.

Il s'est levé brusquement. Pourquoi l'a-t-il emmenée jusqu'ici ?

Le besoin de marcher, là, dans les jambes. Il les a retrouvées, ses jambes. Rester assis, près du silence de Jo, non, il ne peut pas.

Marcher. Courir. C'est impérieux soudain. Il a remué trop de choses depuis la veille.

Refaire alliance avec son propre corps.

Il pense à Enzo, son rapport si simple aux choses, au monde. Il pense aux hommes, à ses camarades. Il a lu dans un des journaux que Sander, le jeune journaliste néerlandais enlevé en même temps que lui avait été retrouvé, mort. Il espère qu'on l'a tué vite, sans torture. De Roderick, on n'a pas de nouvelles. Il sait la chance qu'il a de se retrouver ici, avec les siens. Alors.

Il marche à grands pas. Tout ce que lui a raconté Jofranka, il le ressent aussi. Les femmes qu'elle reçoit ne sont plus qu'en partie vivantes. On leur a enlevé le désir. Elles ne parlent plus de mari ni d'enfants.

Et lui, est ce qu'il fait encore partie des hommes, pleinement ?

C'est ça aussi qu'il n'arrive pas à retrouver. Le désir. Regarder la cime des arbres. Oublier ce qui l'a rendu plus bas que terre.

Croire. Croire encore. En l'homme. En quelque chose de bon dans cette humanité. Il fait partie. Il fait partie et il a appris, par le corps par l'esprit qu'il faisait complètement partie. Oui le monde peut être cette tuerie sans nom. Oui les hommes peuvent être des barbares. Tous. Chacun. Lui aussi. C'est ça être humain ? Comment faire partie de tout son être ? Le désir il est là, tombé dans le gouffre face à l'horreur. Perdu. Perdu.

Étienne serre les poings au fond de sa poche. Emma est la dernière femme qu'il a désirée. Sa lettre où elle lui dit son besoin de temps de vie de paix l'a atteint là où il pensait être blindé. Mais blindé, il ne l'est pas. Il revoit la voiture sombre de la femme garée au bord du trottoir. C'est d'une voiture blindée dont elle aurait eu besoin. Dérisoires bouteilles d'eau. Et c'est un grand cri qu'il laisse échapper de sa poitrine. Personne ne peut l'entendre. Il hurle.

Jofranka médite, silencieuse.

Lui il hurle. Comme jamais. Entre les arbres il s'est mis à courir.

Les pieds entravés, les mains liées derrière le dos, le bandeau au parfum de femme toujours sur les yeux, Roderick a cessé d'entendre les gémissements de la mère. Il a sombré dans une sorte de torpeur.

C'est le bruit de la porte qui l'a réveillé. Il retient son souffle. Elle est là. Elle approche. Il voudrait hurler qu'il n'est qu'un journaliste, qu'il n'a jamais tenu d'arme, qu'il ne peut pas être l'assassin de son fils. Sa gorge est sèche. Il fait le mort. Sans réfléchir. Comme il l'a déjà fait pour s'en sortir un jour de combat. Ne plus bouger. Ne plus respirer. N'être plus rien. Attendre.

Elle est tout près du lit. Il entend sa respiration. Elle se penche vers lui. Elle murmure des mots qu'il ne comprend pas. Il reste absolument silencieux.

Alors il sent sa main qui vient effleurer son visage. Elle a la peau sèche les doigts durs de ces femmes qui travaillent du matin au soir. Pourtant dans cette main une douceur. En un éclair il revoit sa propre mère, morte il y a si longtemps. La main a soulevé sa tête, cherche le nœud du bandeau, dénoue.

Et il la voit.

C'est l'aube dans la petite chambre. Ses yeux ont du mal à se faire à la lueur pourtant faible. Il voit la vieille femme auprès de lui. Elle dit encore des mots. Que dit-elle? Elle a l'air grave de qui prend une décision essentielle. Ses deux mains maintenant sont posées sur ses genoux. Et le couteau.

Elle parle mais ce n'est pas à lui qu'elle s'adresse. Est-ce qu'elle prie?

Alors il sent qu'il n'a plus pour lui qu'une seule chose : plonger son regard dans celui de cette femme. Qu'elle voie dans ses yeux. Qu'elle comprenne qui il est. Il n'a plus d'autre solution. Si elle lui a enlevé le bandeau c'est pour qu'il la voie, pour qu'elle le voie. Il l'appelle doucement regardez-moi, regardez-moi madame regardez-moi je vous en prie.

Elle continue à parler. Peut-être est-ce au fils disparu qu'elle s'adresse? Alors lui aussi, sans réfléchir, parle Dis à ta mère que je ne t'ai pas tué que je n'ai jamais tué personne que moi, mon travail, c'est de dire la vérité sur ce qui se passe. Je ne prends pas parti. Je dis, c'est tout. Je n'ai jamais porté d'arme. Dis-lui à ta mère Dis-lui

Les sanglots lui coupent la parole. Il n'en peut plus. Alors elle le regarde. Cela dure. Ils ne disent plus rien. Le regard de cette femme le pénètre. C'est toute l'incompréhension de celles qui donnent la vie et qui la voient piétinée par l'atrocité de la guerre. Elle ne pleure pas. Elle le regarde. Ce regard-là il ne l'oubliera jamais.

Elle pose le couteau sur la table de nuit et s'en va.

Il reste longtemps à regarder la lumière arriver dans la petite chambre. Le couteau est un simple couteau de cuisine. Et il pleure d'être vivant.

Ils sont trois maintenant séparés.
Dans les airs, Enzo. Dans la petite chapelle, Jofranka.
Et Étienne, arrêté sous le grand arbre du pacte, au bout de sa course.

Chacun à la pointe du triangle.

Lequel des trois s'est mis en mouvement le premier ?

Enzo est soulevé encore plus haut par un courant chaud. Il dérive, loin.

Jofranka vient de se lever, toute pleine du silence et de la paix du lieu.

Étienne quitte l'ombre du grand arbre.

Entre eux trois une géographie muette se met en place.

Irène a passé sa journée au jardin. Hier on lui a demandé au village comment allait son fils. Elle a dit Ça va, merci. Il se remet? Elle a répondu Il se remet, oui, merci. Et elle est partie.

Se remettre… non, il ne se remettra pas. On ne peut pas se remettre de ça. Les atrocités vues dans le monde vous prennent une part de vous. Pour toujours. Alors non, on ne se remet pas. Pour vivre, il faut inventer une nouvelle façon. On ne peut pas juste reprendre la vie d'avant. Son fils a connu la peur dans tout son être, la barbarie possible en chacun. Il lui faut inventer la douceur quand même, la paix quand même, la beauté quand même.

Il lui faut inventer le visage neuf des jours neufs.

Irène se dit que si l'homme qui l'attendait dans les collines était là aujourd'hui, elle lui dirait oui. Le deuil, elle n'en veut plus depuis longtemps. Et s'il est trop tard pour lui dire, il n'est pas trop tard pour qu'elle se le dise, à elle. Elle regarde les oiseaux affairés à leur nid entre les tuiles du toit. Chaque année il est patiemment reconstruit puis il sera quitté à nouveau. Dans un autre pays, lointain, un autre nid, pour les mêmes oiseaux.

Irène pense aux mères qui n'ont pas la chance de voir revenir leurs enfants pris dans d'autres combats. Elle voudrait poser son front sur le front de chaque mère qui n'attend plus.

Maintenant Jofranka a rejoint Étienne. Elle l'a retrouvé devant le petit torrent, sûre que c'était là qu'il viendrait. Les garçons sont toujours venus là.

Cette fois, c'est elle. Est-ce qu'elle a su, en se levant du banc de bois, ce qu'elle allait faire ? Est-ce qu'elle a toujours su… Elle lui reprend la main Je ne te quitterai pas.

Comment se font ces choses-là ? Elle a dit en lui caressant le visage Avec toi j'ai toujours eu peur…

Et avec Enzo ?

Non. Jamais.

Il a de la chance.

Je ne crois pas.

Les mains de Jofranka se posent sur ses épaules. Étienne ne ferme pas les yeux. Il contemple le visage de son amie. C'est un émoi d'avant tous les émois qui le bouleverse. Jofranka. Il prend son visage entre ses mains. C'est leur premier baiser.

Les lèvres de Jofranka il en a rêvé il y a si longtemps. Interdites. Ce désir-là repoussé si loin que lui-même ne le savait plus.

Maintenant la bouche de Jofranka se pose sur son épaule, descend sur sa poitrine. C'est par toute la peau qu'il la ressent. Il la laisse poursuivre son lent voyage. Ses mains à lui caressent ses cheveux. Il laisse son corps enfin retrouver le désir de la peau d'une femme. C'est cette femme. Son amie. Son amante. Une évidence. Il n'y a plus rien d'autre. Son amie. Son amante. Enfin. Le désir, terriblement âpre et doux à la fois. Il la serre contre lui. Fort. Fort. Emporté. Dans leurs deux corps l'ardeur. Aucun espace entre leurs peaux. Les corps réunis créent une forme nouvelle, mouvante et pleine. Ils chuchotent des mots, leurs lèvres embrassent. Leurs doigts se mêlent et se serrent. Maintenant Étienne ne retient plus ses mains. Elles vont sur le corps de Jofranka, découvrent le toucher de ses seins, le grain de sa peau. Un vertige. Dans l'entremêlement de leurs corps entrent les arbres la rivière les nuages. Dans leur étreinte, la couleur changeante du ciel. Ils font partie du monde, à cet instant-là, oui. Sur cet espace-là de la terre. Absolument. Et éphémères. La douleur de tous ceux qui sont séparés, déchirés, meurtris à cet instant même, ailleurs sur terre, ils la connaissent. Ils l'ont incorporée. Mais ici, l'ardeur de leur étreinte balaie et le temps et l'espace.

Étienne embrasse chaque parcelle du corps de son amie comme pour ne plus jamais l'oublier.

Enzo a replié sa voile. Il a volé si haut si loin qu'il en est encore un peu étourdi. Demain il doit livrer le bureau pour lequel il a passé un temps qu'il n'a même plus compté. Il va le livrer loin, lui-même. Il ira jusqu'en Italie, le pays de son père. Ce bureau, il ne le confie pas au camionneur qui d'ordinaire assure les voyages. Il a décidé de rencontrer encore l'homme qui lui a commandé cette pièce. Il veut voir de ses yeux l'espace où son travail va prendre place. Mais surtout il veut parler à cet homme, l'écrivain italien.

Il a lu un de ses livres, dans la langue du père. Et le livre l'a profondément marqué. Peut-être parce qu'il l'a lu pendant qu'Étienne était retenu en otage. C'est un livre aux phrases courtes, simples. Et Enzo se disait que cet homme travaillait les mots comme lui, le bois. Il devait les sentir d'abord, savoir bien d'où ils venaient, suivre leur trajet à l'intérieur de lui-même avant de les écrire sur le papier.

Que cet homme lui commande un bureau, ça l'avait profondément touché. L'homme avait vu chez des amis une bibliothèque qu'il avait eu du bonheur à faire. Et il était venu jusqu'ici pour le rencontrer. Il s'était demandé s'il serait capable. Mais l'homme était simple et d'emblée leur conversation avait été aisée. Que l'écrivain vienne voir son atelier, ça l'avait rassuré.

Maintenant c'est lui qui va connaître l'espace où l'homme pense ses livres. Un bon partage.

Enzo se sent léger après ce long vol. Il sourit tout seul en rangeant son matériel. Il va remonter à la voiture et il aime ce chemin du retour entre les arbres, encore plein de la merveille de là-haut. Et du sentiment de liberté grande.

Maintenant Étienne et Jofranka sont nus. Ils sont entrés dans l'eau du petit torrent. Jofranka tient toujours la main d'Étienne. L'eau est fraîche elle aime ce léger saisissement sur la peau. Quand ils se mettent à nager, l'eau enveloppe leurs corps et c'est une caresse fluide, apaisante. Étienne a retrouvé la force de ses bras. Il nage vigoureusement et Jofranka a passé ses bras autour de sa taille. Ils avancent, mus par la seule poussée des bras d'Étienne et des battements souples des jambes de Jofranka. Puis ils se laissent porter lentement par le courant.

Dans la tête d'Étienne il y a l'image des bêtes au pelage de nuit qui passe. Puis il revoit les bouteilles d'eau, des bras de la femme à ceux des enfants. Il n'y a plus aucun bruit de combat, juste le bruissement de l'eau dans ses oreilles. Les bouteilles d'eau remplies à l'eau de la rivière. La voix de Jofranka qui fredonne l'air du trio. Les vibrations de la voix résonnent contre son dos. Il se retourne, la prend dans ses bras. Elle rit. Il dit ce soir Il faut jouer le trio, Jo.

Irène a installé le salon pour que les trois qu'elle a tenus dans ses bras puissent y trouver leur place. Ce soir, elle sait que c'est la dernière fois.

Enzo a apporté son meilleur vin. Il a dit Je pars demain livrer une pièce. Et il a ajouté Je crois que je vais en profiter pour voir un peu de pays. Je ne sais pas quand je rentrerai…
Irène a dit C'est bien, toi tu n'étais jamais parti
Toi non plus
Mais moi j'ai toujours été un peu ailleurs avec les voyages de Louis puis ceux d'Étienne. Et puis le jardin ne supporte pas les départs et moi, j'ai choisi le jardin…

Enzo lève son verre vers elle. À toi Irène, à tes voyages immobiles.

À vous mes enfants.

Elle a gardé son verre à la main pendant qu'ils jouent. Leur trio. Ils se sont installés gravement.
Et la musique vient. Lente grave envoûtante.
Le dos d'Étienne est droit. La partition, il l'a jouée dans sa tête si souvent là-bas.
Enzo regarde Jofranka. Son visage, il peut le regarder quand elle joue parce qu'elle est ailleurs. Et soudain

il comprend que c'est cet ailleurs qu'il a aimé en elle, l'ailleurs que lui n'osait pas aller explorer. L'ailleurs qu'il a cherché dans l'étreinte des autres femmes depuis et qu'il n'a jamais retrouvé. Jofranka était la reine. Maintenant il sent au fond de lui que l'ailleurs il veut aller à sa rencontre. L'homme qui lui a commandé le bureau l'entraîne, sans le savoir, à faire le premier pas vers il ne sait quoi mais il en a envie. Comme jamais. Ce soir, le visage de Jofranka a perdu son pouvoir. Jofranka, venue on ne sait d'où, partie vers les femmes du bout du monde… L'ailleurs, Enzo veut le construire pas à pas, à sa mesure.

Jofranka sait qu'elle repartira demain. Cette nuit est pour Étienne, son ami. Ils dormiront ensemble pour la première fois de leur vie. Peut-être la dernière. Ce qui s'est passé, ce qui se passera ici, elle n'en attend rien. Tout est présent et c'est une bénédiction.

Demain elle retournera vers ces femmes que rien ne bénit dans le monde. Elle sait qu'elle les entendra mieux que jamais. En elle, un espace s'est ouvert dont elle ne connaît pas encore la forme exacte mais qu'elle pressent vaste. Son regard croise celui d'Irène. Irène sourit. Le cœur de Jofranka est gonflé d'une douceur qu'elle n'avait jamais espérée.

Et Étienne a fermé les yeux.

Maintenant il peut accompagner la femme aux cheveux lourds et ses enfants jusqu'au bout. Il joue. Il puise dans le trio la force qui lui manquait. Il retrouve la partie du morceau qui lui a toujours manqué pendant l'enfermement. Maintenant il peut imaginer la femme qui roule. Longtemps.

La voiture aux vitres teintées traverse la désolation. Les enfants ont fermé les yeux mais ils ne dorment pas, ballottés par les chaos de la route. Le corps de l'homme a glissé et le petit garçon essaie de le maintenir droit. Il se cale contre le corps pour le maintenir et soupire. Il a passé son bras autour des épaules de la petite fille. La femme jette un coup d'œil à l'arrière. Elle leur sourit. Elle dit N'ayez pas peur, les enfants, nous sommes arrivés. Et elle repousse la mèche lourde devant ses yeux.

Devant eux, il y a la mer.

Ce n'est pas vraiment une plage, c'est la terre qui s'arrête doucement. Sable et cailloux, petites plantes tenaces. Les enfants sont heureux. Ils venaient ici avant, les dimanches. Les vagues sont belles. Ils sont descendus.

C'est là qu'elle l'enterrera.

Puis elle ira vers la mer, avec les enfants.

Le trio les accompagne. La mère et les enfants ont quitté leurs chaussures. La trace de leurs pas dans le sable. Étienne pense aux oiseaux et à leurs empreintes emmêlées sur le bord de la plage où il a marché un jour avec son père.

Il prendra son appareil. Il retournera au bord de la mer. Il fera désormais chaque photographie en sachant le poids exact de la vie.

Et il sait maintenant qu'il n'aura pas assez de tous ses jours et de toutes ses nuits pour aller chercher dans le monde de quoi nourrir l'espérance.

—

REMERCIEMENTS

Je remercie Jean-Paul Mari pour ses textes, mon frère pour ses paroles.

Merci à Elisabeth Rabesandratana, avocate, conseil à la Cour pénale internationale de La Haye, pour sa précieuse conversation.

Et un merci à Jacques Froger pour le violoncelle et le parapente.

DU MÊME AUTEUR

Romans, nouvelles, récits

ÇA T'APPRENDRA À VIVRE, Le Seuil, 1998 ; Denoël, 2003 ; Babel J, 2007, Babel, n° 1104.

LES DEMEURÉES, Denoël, 2000 ; Folio, 2002. (Prix Unicef 2001, prix du Livre francophone 2008 Lituanie.)

UN JOUR MES PRINCES SONT VENUS, Denoël, 2001.

LES MAINS LIBRES, Denoël, 2004 ; Folio, 2006.

LES RELIQUES, Denoël, 2005 ; Babel, n° 1049.

PASSAGERS. LA TOUR BLEUE D'ÉTOUVIE, Le Bec en l'Air, 2006.

PRÉSENT ?, Denoël, 2006 ; Folio, 2008.

LAVER LES OMBRES, Actes Sud, 2008 (prix du Livre en Poitou-Charentes) ; Babel, n° 1021.

LES INSURRECTIONS SINGULIÈRES, Actes Sud, 2011 (prix littéraire des Rotary Clubs de langue française, prix Paroles d'encre, prix du Roman d'entreprise) ; Babel, n° 1152.

PROFANES, Actes Sud, 2013 (grand prix RTL-Lire, prix Participe présent 2015) ; Babel n° 1249.

Jeunesse
Parmi lesquels :

SAMIRA DES QUATRE-ROUTES, Flammarion Castor-Poche, 1992. (Grand prix des jeunes lecteurs PEEP 1993).

QUITTE TA MÈRE, Thierry Magnier, 1998.

SI MÊME LES ARBRES MEURENT, Thierry Magnier, 2000. (Prix du Livre jeunesse Brives 2001.)

LA BOUTIQUE JAUNE, Thierry Magnier, 2002. (Prix Leclerc du roman jeunesse 2003.)

UNE HEURE UNE VIE, Thierry Magnier, 2004.

LE RAMADAN DE LA PAROLE, Actes Sud, 2007.

UNE HISTOIRE DE PEAU, Thierry Magnier, 2012.

VIVRE C'EST RISQUER, Thierry Magnier, 2013

PAS ASSEZ POUR FAIRE UNE FEMME, Thierry Magnier, 2013 ; Babel n° 1328.

Albums

LE PETIT ÊTRE (illus. Nathalie Novi), Thierry Magnier, 2002.

PRINCE DE NAISSANCE, ATTENTIF DE NATURE, Thierry Magnier, 2004. Illustrations de Katy Couprie.

Essai

ET SI LA JOIE ÉTAIT LÀ ?, La Martinière, 2001.

Textes poétiques

NAISSANCE DE L'OUBLI, Guy Chambelland, 1989.

MARTHE ET MARIE (peintures d'Anne Slacik), L'Entretoise, 2000.

COMME ON RESPIRE, Thierry Magnier, 2003 ; nouvelle édition, 2011.

UNE MAISON POUR TOUJOURS in *PETITES AGONIES URBAINES* (collectif), Le Bec en l'Air, 2006.

NOTRE NOM EST UNE ÎLE, Bruno Doucey, 2011.

IL Y A UN FLEUVE, Bruno Doucey, 2012.

DE BRONZE ET DE SOUFFLE, NOS CŒURS, Bruno Doucey, 2014. Gravures de Rémi Polack.

Théâtre

MARTHE ET MARIE, chorégraphie Carol Vanni. Création Théâtre du Merlan, Marseille, 2000.

SOUS LA PAUPIÈRE D'EURYDICE, France Culture.

FILLE D'ULYSSE, France Culture.

L'EXIL N'A PAS D'OMBRE, mise en scène Jean-Claude Gal. Création Théâtre du Petit Vélo, Clermont-Ferrand, 2006.

JE VIS SOUS L'ŒIL DU CHIEN suivi de *L'HOMME DE LONGUE PEINE*, Actes Sud-Papiers, 2013.

OUVRAGE RÉALISÉ
PAR L'ATELIER GRAPHIQUE ACTES SUD
REPRODUIT ET ACHEVÉ D'IMPRIMER
EN AOÛT 2015
PAR L'IMPRIMERIE NORMANDIE ROTO IMPRESSION S.A.S.
À LONRAI
POUR LE COMPTE DES ÉDITIONS
ACTES SUD
LE MÉJAN
PLACE NINA-BERBEROVA
13200 ARLES

DÉPÔT LÉGAL
1re ÉDITION : AOÛT 2015